GIGOLÁ

LAURE CHARPENTIER

GIGOLÁ

TRADUCCIÓN Y
«ENCUENTRO CON LAURE CHARPENTIER»
LYDIA VÁZQUEZ JIMÉNEZ

CABARET VOLTAIRE
2011

PRIMERA EDICIÓN *enero* 2011
TÍTULO ORIGINAL *Gigola*

Publicado por
EDITORIAL CABARET VOLTAIRE S.L.
info@cabaretvoltaire.es
www.cabaretvoltaire.es

©2002 Librairie Arthème Fayard
©de la traducción y entrevista, 2011 Lydia Vázquez Jiménez
©de esta edición, 2011 Editorial Cabaret Voltaire SL

ISBN-13: 978-84-936648-6-4
DEPÓSITO LEGAL: B. 646 - 2011
Printed in Spain

Dirección y Diseño de la Colección
MIGUEL LÁZARO GARCÍA
JOSÉ MIGUEL POMARES VALDIVIA

Corrección primeras pruebas
ALÍCIA CARRERAS BONET

FOTOGRAFÍAS
Cubierta: Lou Doillon en el largometraje
«Gigolá» dirigido por Laure Charpentier
Solapa trasera: la plaza Blanche en un fotograma de «Gigolá»
Interior: Laure Charpentier
Cedida por el autor. Derechos reservados

Bajo las sanciones establecidas por las leyes,
quedan rigurosamente prohibidas, sin la autorización
por escrito de los titulares del copyright, la reproducción total
o parcial de esta obra por cualquier medio o procedimiento mecánico o
electrónico, actual o futuro -incluyendo las fotocopias y la difusión
a través de Internet- y la distribución de ejemplares de esta
edición mediante alquiler o préstamo públicos.

GIGOLÁ

A mi última

*Gracias a
Denise Petitdidier,
Marie-Hélène d'Ovidiora*

PRIMERA PARTE

*Vivo al margen de la sociedad,
y las reglas de la sociedad normal
no tienen legitimidad entre los marginales*
TAMARA DE LEMPICKA

Mis tres primeros años en la facultad de medicina concluyeron con un lamentable fracaso. Recuerdo aquel luminoso día de junio, a las vendedoras de frutas y verduras presentando su mercancía de temporada bajo un sol de plomo, el cielo sereno donde se deshacían en hebras algodonosas las nubes inconsistentes. Anduve mucho tiempo, zarandeada por una muchedumbre de curiosos que cruzaba y volvía a cruzar los puentes dorados o ennegrecidos que unen las dos orillas del Sena.

¿Iba a seguir, a presentarme a la convocatoria de septiembre, o bien renunciaría? Renunciar... Esa palabra me martilleó las sienes y me eché a correr sin rumbo. Hasta caer nuevamente en el abatimiento. De bar en bar, acodada a las barras de frío zinc, me sumía en una ensoñación cálida y alcoholizada.

Volví a casa, borracha de cansancio y asco, vacilando tristemente al subir por la escalera que llevaba hasta mi mísera buhardilla de estudiante. No había ninguna comodidad, es decir, no tenía cuarto de baño. Supongo que los propietarios estaban convencidos de que un estudiante no necesita higiene. Un estudiante es un intelectual, es decir, pobre, es decir, sucio. Una vez que se aprobaban todos los exámenes, se quitaban el sombrero, sonreían de nuevo, renacía como por encanto una especie de respeto, y la esperanza de una lluvia de dinero que caería cada fin de mes convertía al ex estudiante y al burgués en aliados inconscientes.

¿Debía renunciar al ambiente de ese mundo que tanto me gustaba, a los pantalones de pana, a los jerséis de cuello alto para todas las ocasiones, a las pipas de brezo y a las gruesas gafas de concha? ¿A las veladas interminables en la calle de la Contrescarpe, alrededor de velas humeantes y de filas de botellas sin precinto? ¿Tendría que llevar otra vida, intelectualmente más pobre pero financieramente más holgada?

La cama recubierta con una manta mejicana descolorida me acogió ruidosamente, y aquel chirrido siniestro reflejó la amargura de mi alma.

Me sumergí inmediatamente en uno de esos sueños comatosos donde la boca se hace pastosa y plomiza de vómito y alcohol ávidamente ingurgitado.

Me sobresaltó el timbre del teléfono, me desperté con escalofríos, empapada en sudor frío, con las manos temblorosas. Era una compañera de la facultad, la famosa Daphné, gran aficionada a las autopsias y a las bromas fúnebres.

Me esperaba al principio de la calle Monge, en el *Bouchon de liège*, y cuanto antes, me dijo. Le respondí con voz espesa antes de precipitarme al único grifo del solitario lavabo, sin intentar adivinar a qué había dicho que sí.

La cabeza me pesaba, me dolía, y las piernas apenas si podían sostenerme. Me puse la camisa violeta que me encantaba y me abroché el pantalón. No necesitaba peinarme el pelo cortado al uno, y en cuanto al maquillaje, por entonces aún no sabía qué era eso.

Bajé de cuatro en cuatro las escaleras de los seis pisos y llegué como un torbellino al *Bouchon*, donde me encontré a una Daphné risueña, con las trenzas sueltas, las gafas en la mesa y relajadísima en su inmenso jersey de ochos que no conseguía ocultar sus curvas.

Me senté frente a ella, me dieron arcadas al verla beber con aquel descaro una jarra de vino tinto. Era hija de charcutero, con dinero, aunque no le sobraba, pero había decidido aprovechar al máximo sus años de juventud. El físico exuberante de Daphné no me gustaba demasiado. Lo que más me atraía de ella era su alcoholismo y su desenfreno calculado.

Me acogió con un sonoro beso que me heló las venas. El beso, el olor a tinto... casi me desmayo en ese momento en la terraza del *Bouchon*.

—¿Qué, ya?
—Suspenso. Jaque mate.

Me gustó que aquella chica coloradota y a gusto consigo misma se interesara por mí. Por un instante olvidé el dolor de cabeza para fijarme en sus muslos; el vaquero se le pegaba haciéndole unos pliegues muy poco favorecedores que le subían hasta el sexo. Enroscaba los pies, sucios, de uñas enrojecidas, alrededor de la pata de la mesa. Nada en ella me seducía o enternecía, salvo su larga melena trigueña, ligeramente rizada, que le llegaba hasta el culo.

No me entretuve, no tenía ganas de nada. En el fondo, ni siquiera sabía por qué había acudido.

—Pues imagínate, yo también he suspendido, pero me da igual, lo dejo para septiembre. ¡Viva el estudio durante las vacaciones! ¡Bah! Este año nos lo hemos pasado fenomenal. Todo no se puede en esta vida. Y sólo se es joven una vez. ¡No vamos a pasarnos la juventud en las clases y las bibliotecas!

—Daphné, de momento necesito una aspirina y un botellín de agua. Luego hablamos.

Chasqueó los dedos para llamar al camarero; dos minutos después, me bebí de un trago el agua helada que me supo de maravilla.

—¿Qué quieres hacer esta noche? Vamos a celebrar el fin de año... ¿Y si fuéramos a la *Cage*? O al bar de Jean-Bernard, si prefieres.

No me apetecía ni uno ni otro. La *Cage* era un sitio bastante sórdido con barrotes y cortinas rojas donde ardían las velas toda la noche. No se veía nada con todo aquel humo.

En cuanto al bar de Jean-Bernard, llevaba escrita la inevitable borrachera en un ambiente elegante y púrpura donde lucían en medio de la penumbra calvas auténticas. Además estaría Olivier, imponiéndonos su espectáculo de los dos muchachos agarrados, con los dedos entrecruzados y mirándose con ojos de cordero degollado. Al principio he de reconocer que me fascinaron, cuando los descubrí al fondo del bar, pero ahora me aburrían ya soberanamente, con sus discos de gitanos, bebiendo siempre sus destornilladores, fumando esos cigarrillos turcos que tanto me mareaban, y con esos fulares indios más pesados que mi cabeza; todo aquello me saturaba, ya no lo aguantaba.

—No, Daphné, paso, no me apetece nada, estoy harta de tanto numerito, y siempre el mismo. Necesito algo nuevo.

—¿Y si fuéramos a dar una vuelta en descapotable? Tengo el buga de Lola.

A eso, sin embargo, no iba a negarme. Me parecía un plan perfectamente aceptable. Empezaba a sentir la cabeza menos pesada, y el fresco de la noche me abría el apetito de los 150 km por hora por la autopista.

—Vale, Daphné, acepto. ¿Dónde has aparcado?

—En la plaza Maubert, tía, justo enfrente de casa, para que todo el mundo se muera de envidia.

Me hizo sonreír a mi pesar, y sin preguntarle siquiera si tenía los papeles del coche, la seguí, cegada por el sol que empezaba a ponerse ante nosotras. Su melena se movía al viento, suavemente. Me pareció entonces casi guapa, envuelta en la aureola rojiza del atardecer.

La gente se volvía a mirarnos, curiosos o reprobadores. La tenía cogida por los hombros con mi brazo protector, y ella se apoyaba en mí como una hembra enamorada.

Yo no decía nada, pero empecé a sentir viejos deseos que creía desaparecidos para siempre. Daphné olía a Ambré solar y a sudor.

Cuando nos subimos al Triumph, los asientos quemaban, y ella soltó una risita que me resultó muy familiar. Daphné estaba a punto de conseguirlo y lo sabía. Llevaba tres años detrás de mí, con esa pasividad amorosa tan suya, sin darse nunca por vencida.

Puso la llave en el contacto con mano temblorosa, lo que me resultó conmovedor. La agarré de nuevo, y ella se dejó llevar, suspirando de gozo.

Los vagabundos empezaban a instalarse para pasar la noche en la calle, la plaza Maubert se llenaba de hormiguitas hogareñas con sus cestas de la compra pegadas al vientre.

Daphné y yo estábamos descalzas, en vaqueros, protegidas del mundo por la cálida y resplandeciente carrocería del Triumph. Veíamos pasar a todas aquellas señoras de moño y bolsa de la compra como parte de su anatomía, sin plantearnos ni por un segundo que un día podríamos formar parte de aquel rebaño.

Nos sentíamos casi felices, conscientes de nuestra superioridad, al menos de ser diferentes, aunque nos hubieran suspendido el curso tan sólo unas horas antes.

Arrancó brutalmente, sin levantar la cabeza de mi hombro, así que se la quité yo, despacio.

En la radio sonaban los Platters y su inolvidable *Only you*. Me encontraba bien, vacía, como ausente de ese coche que Daphné conducía con mano segura y los dedos del pie agarrotados sobre el pedal del acelerador. No había quitado el brazo, y en la palma de la mano sentía su hombro redondeado y húmedo que asomaba bajo el jersey.

Su melena ondeaba al viento, y sonreí viéndola así, cual bacante al volante de una máquina infernal.

En la autopista del sur, el viento nos golpeó de lleno. Me eché hacia atrás, recostada en el respaldo, presa de una emoción tan intensa que me cortaba la respiración. El corazón me latía a toda velocidad, y notaba el calor de la sangre que me inundaba el vientre. La camisa se me hinchaba como si fuera un miniparacaídas, y las bruscas bofetadas del viento me helaban la piel.

Daphné subió el volumen de la radio. Los

Teenagers habían relevado a los Platters. Por un segundo, la locura se apoderó de nosotras, vi el indicador temblar en torno a los 150. La carretera parecía volatilizarse bajo las ruedas. El Triumph empezó a bailar peligrosamente. Admiraba la firmeza instintiva de Daphné al volante, que conducía con los ojos idos y se confundía con su bólido en un todo.

Fue disminuyendo la velocidad progresivamente, salió de la autopista, y cogió una carretera secundaria que parecía conducir a un pueblo. Nos encontrábamos lejos de París, las casas iban espaciándose entre sí para dejar sitio a una hierba verde y nutrida que se perdía en el horizonte. Sin mirarme siquiera, Daphné cogió otra carretera más estrecha, y luego se metió por una especie de sendero bordeado de hierbajos que crecían paralelos a una raya polvorienta.

Caía la noche, fría, y yo no pensaba en nada.

Daphné frenó en seco, pero dejó el motor encendido, a ralentí. Apagué la radio, sin mover el brazo. Acariciaba despacio ese hombro redondeado y suave, del que había desaparecido todo rastro de humedad.

—Laure... estoy tan bien... Te quiero...

Me miró con una intensidad que me resultó fácil adivinar a pesar de la penumbra. La acerqué a mí aún más, sin contestar. La hija del charcutero había dejado de existir; ya no veía nada de lo que antes me desagradaba.

Un olor fuerte subía del escote de su jersey desbocado. Hice caso omiso y me puse a acariciarle la mejilla. Se puso a gemir con la boca ávida. No me moví. Todavía no quería esos labios que se ofrecían a mí. Lo único que deseaba era eso: acariciarla lenta, diestramente.

Cuando puso los ojos en blanco, le cogí la boca y le mordí los labios. Sentí inmediatamente sus dientes fríos y su lengua consentidora, que besé con dureza, aplastándola. Se puso a jadear y levantó las caderas instintivamente, llevada por el deseo.

Salimos del coche, entrelazadas. La tenía bien agarrada, y la apretaba contra mí mientras la veía perder la conciencia.

Fue ella quien se quitó el jersey y se tumbó en la hierba del talud. La desvestí entera; la quería completamente desnuda debajo de mí. Se dejó llevar, y hasta intentaba ayudarme empujando con el culo de manera bastante patosa, pero que sin duda la excitaba. Aparecieron sus tetas, grandes y granulosas, libres y magníficas, mientras su vientre pálido de pelirroja se henchía de deseo. Apenas si me dio tiempo a subir a lo largo de sus muslos. Seguí acariciándola con la mano abierta y los dedos estirados para jugar con las falanges sobre aquel vientre redondeado. Se abrió enseguida de piernas pero no presté atención. Sus tetas recibieron mi beso duro y mordedor, endureciéndose y tensando los pezones puntiagudos en dirección a los árboles que canturreaban.

Volví a atraparle la boca. Se puso a gritar bajito, agarrándome la mano para llevársela hasta su sexo. Acabé por obedecer, para mayor dicha suya. Estaba inundada, y me dio las gracias con un ardoroso gritito. Inmediatamente la penetré con tres dedos. Chilló, se puso rígida, pero la callé con mi boca… Con la mano izquierda le pellizqué los pezones. Se relajó, empezó a gemir de nuevo, con los ojos cerrados. La tomé brutalmente, acariciándole el clítoris con mi hábil pulgar.

La poseía por completo. Boca, pecho, sexo, me pertenecían y aprovechaba para excitarlos al máximo. Me daba igual si era vaginal o clitoridiana. Iba a dominarla de todas maneras, y su goce sería total.

Progresivamente y cada vez más fuerte, la manipulé sin preocuparme de si le dolía o no.

Fue de repente, bestial. Levantó las nalgas y soltó un estertor. Seguí con más ahínco, y le mordí el pezón izquierdo. Se corrió con una violencia increíble, se le abrió la boca en un grito enorme que me atravesó de felicidad.

Recibí en la mano ese placer caliente que tanto me gusta provocar en las mujeres.

Se levantó despacio, y se vistió sin una palabra. La esperé al volante. La vuelta se hizo en silencio. Conduje yo, y no me volví ni una sola vez a contemplarla.

No la miré hasta que no llegamos a París. Se había quedado dormida, horriblemente saciada, con la mejilla enrojecida pegada al cuero del asiento. Me di cuenta entonces de hasta dónde podía llegar mi ceguera, y comprendí una vez más que había tomado por deseo lo que no era sino mero orgullo de macho.

Cuando la desperté delante de la puerta de su casa, me besó la mano, pensativa —esa mano que la había hecho correrse y que aún conservaba su olor salado.

Me pasé la noche bebiendo, metódicamente,

mientras me arruinaba en los juke-boxes. Siempre las mismas cantinelas... y la misma copa, que ya no podía ni ver del asco que me daba.

Me cocí como nunca a base de Pelforth, y el pedo me dejó prácticamente inconsciente durante veinticuatro horas, molida por dolores insoportables que ni siquiera intentaba calmar.

Daphné era la primera mujer que tocaba desde la muerte de mi primera y única pareja —Sybil— a la que había adorado, y que se mató por desesperación. Había aguantado tres años sin amante, atenazada por unos sueños eróticos cada vez más precisos donde la misma mujer gemía más y más fuerte bajo la presión de mis besos.

Aquella noche había roto el pacto sellado con una tumba.

El fracaso de mis estudios —y el de mis queridas resoluciones—, todo se unía para machacarme la cabeza y llenármela de febriles delirios donde veía a Sybil sonriendo.

No volví a ver a Daphné, y ahora estoy convencida de que no quiso renovar la experiencia. Me enteré por amigos comunes de que iba a casarse con un médico que seguramente sabría hacerle —con toda respetabilidad— el montón de hijos de mejillas sonrosadas que tanto deseaba ella.

Lo que vivimos juntas duró lo mismo que un relámpago, pero sigo convencida de la grandísima utilidad de este tipo de experiencias en la vida de una mujer. En cuanto a mí, volví a mi personalidad primigenia, la de gigoló.

Just a gigoló. Llevaba esa canción tatuada. Daba un sentido a mi vida. Instintivamente me atraía el lujo, y el lujo me quería a mí. Desde muy joven sentí inclinación por el platino, la seda, los objetos únicos, las materias excepcionales.

Quise volver a hacer el amor a las grandes marcas y a los perfumes. La estudiante de medicina se convirtió de nuevo en aquel gigoló que había muerto unos años antes. La propia Sybil la había bautizado «Gigolá».

Sybil, después de cortarme las trenzas de inocente bachillera, se quedó parada un instante, pasmada ante mi *look* de chico.

—Pareces un chaval... un joven *gigoló*.

Emocionada por la transformación radical, le contesté:

—Laure ha muerto. A partir de ahora me llamo Gigolá.

Me besó en los labios. Suavemente. Apasionadamente. Sosteniendo, como un objeto precioso engarzado entre las dos palmas de sus manos, mi carita extasiada.

Gigolá. Ése era el personaje en el que quería transformarme. Repentinamente impaciente por comenzar la metamorfosis, esbocé algunos proyectos.

Igual que miles de jóvenes, con la cabeza en las estrellas y los bolsillos agujereados, los dedos al aire en verano como en invierno, estaba harta de mis sandalias y mis vaqueros. Una intensa fiebre de éxito y prosperidad me atenazaba, como devora seguramente la fiebre del oro a los buscadores.

En dos meses aprendí nuevamente a andar, a mirar, a desear... de una manera que resultaba inequívoca para cualquier mujer iniciada.

El pelo tenía que volver a caerme en mechas pálidas sobre la frente. Sólo tendría tres camisas, pero la seda de cuello y puños temblaría bajo los dedos. Mis trajes de terciopelo negro soportarían orgullosamente el destello de las luces; en cuanto a los mocasines de charol a juego, me prometí encargarme unos a medida. Llevaría una chalina de terciopelo mate anudada al cuello, y balancearía negligentemente el soberbio bastón —regalo de un pintorzuelo enamorado— cuya empuñadura llevaba una serpiente de ojos verdes que se mordía la cola. Una capa del mismo terciopelo que los trajes, forrada de raso verde, realzaría el conjunto.

Pasé dos meses en esos diseños. Pero además necesitaba concretar mis sueños. Y para ello estaba dispuesta a todos los sacrificios... menos a trabajar, por supuesto.

¿Cuánto habría podido ganar una fracasada en medicina, muerta de hambre y andrajosa como yo?

Sabía lo que tenía que adquirir, antes de nada: una presencia. Pero una presencia se compra —todo se compra, o casi—. Quien ha dicho que «el hábito no hace al monje» debe de ser el mismo al que se le ha ocurrido «el dinero no hace la felicidad». Es decir, un pobre tipo. De la misma manera que no se contrata a un candidato que no se «presenta» bien, no se convierte en gigoló alguien sin estilo.

La novela rosa donde la pobre se hace atropellar por el príncipe rico que circula en Hispano-Suiza está pasadísima de moda, y hasta las chachas sueñan con otras cosas ya.

En resumen, tenía que conseguir una suma considerable para poder invertirla después en un único fin: prosperar.

Además, sabía pertinentemente que Saint-Michel y Saint-Germain eran los santos de los sin blanca. Los seres que había conocido desde hacía tres años no podían ayudarme en ese tipo de operación. Así que decidí mudarme. Lo que hice «por la puerta de atrás», ya que no tenía la menor intención de gastar lo poco que me quedaba en pagar el alquiler, por modesto que fuera.

Paralelamente, rompí con todas las relaciones susceptibles de acosarme. Quería estar sola, absolutamente sola. En medio de una soledad fecunda.

Hay gente que huye al otro extremo del mundo, en avión o en tren, todo depende de los medios o de los miedos. Yo comprendí que bastaba quedarse en París pero cambiándose de barrio. Es increíble que dos distritos de distancia sirvan para ignorarse hasta ese punto. Sucede que seres separados que se creen lejísimos el uno del otro, y que han ido a buscarse hasta los confines de la tierra, viven ambos en París y pasan al lado el uno del otro sin verse.

Así que huí en dirección a la plaza Blanche. Mi madre me prestó el dinero y en una semana ya me había mudado a la calle Fontaine.

¿Por qué ese barrio? Sin duda el destino manejaba los hilos.

Prometí a mi madre que le devolvería el préstamo; no se lo creyó, pero no me dijo nada. ¿Por qué se siente siempre esa increíble ternura por ese ser permanentemente ingenuo? Mis intentos por lograr que me aborreciera fueron vanos, y sólo mucho más tarde entendí que nadie puede conseguir que una madre aborrezca a un hijo. Tras eso se esconde una mezcla de hormonas, savia creadora y tripas que se merece que nos quitemos el sombrero.

Me instalé en mi nueva vida con una imperiosa necesidad de dinero que me tenía anhelante. Poseía por todo capital la suma de sesenta mil francos antiguos, en un viejo sobre que llevaba siempre encima, escondido en el cinturón.

En mi cabeza, preciso como un espejismo, se dibujaba mi primer traje y, bajo mis pies desnudos, la moqueta roja y oro del encantador apartamento que acababa de alquilar.

Me puse enseguida a descubrir la zona. Era un barrio consagrado a la noche, y los bares de paredes desconchadas comenzaban a brillar con renovado esplendor a la luz de los fluorescentes que desteñían en las aceras.

Me paseaba noches enteras entre Pigalle y Blanche, esperando a que amaneciera, en el fondo de un bar de dudosa reputación, espiando tras las aspas del *Moulin Rouge* la pálida aurora que traería consigo el día y sus problemas.

No hacía nada, no miraba a nadie, pagaba generosamente mis libaciones solitarias, y pronto la chica de mirada ausente y dinero fácil adquirió cierta notoriedad. No tardé en conocer a camareros, maîtres y cazadores de clientes. Las putas venían también a merodear cerca de mí, pero ni siquiera las miraba. Su vulgar cacareo, su perfume demasiado fuerte, y su maquillaje exageradísimo, todo me repugnaba en ellas. Que se vendieran toda la noche no me echaba para atrás. Simplemente pertenecían a un mundo que no quería conocer.

Fue ella quien me dirigió la palabra. Es verdad que la castidad empezaba a pesarme. El alcohol no puede colmar todas las carencias.

Serían las tres de la mañana, y quedaba por delante mucha noche fría aún. En la cervecería de la plaza Blanche, los maîtres iban y venían ocupándose de los últimos comensales. Las truchas desfilaban a toda velocidad, recién trasplantadas del vivero al plato. Los corchos saltaban alegremente en cada mesa, y en la sala resonaban las alegres comandas.

En resumen, como siempre, la sala era una fiesta, mientras el sombrío abatimiento se apoderaba de la barra donde se codeaban las clases sociales inferiores ante un calvados, una caña o un simple tinto.

Aquella noche me quedé en la barra, sola, cerca de la máquina. Paseaba la vista por los espejos, sin rumbo fijo. Me encontraba en un marasmo casi perfecto, después de haber superado hacía rato ya el agradable estado de estupor etílico, generador de delirios.

Iba deslizándome lentamente hacia el embrutecimiento total, cuando apareció ella. Nunca antes la había visto por esos lares. Su vestido de raso rojo fue lo que me llamó la atención. Se colocó a mi lado, y aparté con el bastón —que me acompañaba siempre, recuerdo de un pasado glorioso que me producía vértigo— el bolso de ante rojo que podía molestarle.

—¡Oh!, déjelo, no me molesta.

Proseguí mi ensoñación solitaria, perforada sólo por los aullidos de los discos. Se puso a mirar la empuñadura del bastón, y se me crisparon los dedos sobre los ojos de la serpiente.

—¡Qué curioso!, su cobra tiene los mismos ojos que usted.

Sería el aburrimiento, el tono gris de aquel amanecer igual que todos los demás, la tristeza de aquellas noches infinitas en busca de un ideal, el caso es que le concedí la limosna de una mirada, y decidí contestarle.

—No es una cobra, señorita, es una pitón. En cuanto a mis ojos, dejemos los tópicos.

Sintió el tono de desdén, dudó un segundo entre reírse o enfadarse, optando al final por una actitud desenfadada, lo que le agradecí.

—¿Qué hace por aquí? Seguramente se ha extraviado.

—Todos nos extraviamos aquí abajo, señorita,

y nadie puede presumir de haber encontrado el lugar que le estaba destinado. Es la ley del que está de paso, a la que no podemos escapar.

—¿Sabe que resulta usted bastante pelma con sus aires de gran señora y su psicología?

—Filosofía.

—Sí, bueno, ¿qué más da?... Una caña, Aimé, y ponte tú otra copa, aunque sólo sea por darte el gusto... ¡Yo aquí estoy por gusto!

—El camarero rechazó amablemente la invitación, y la espuma desbordó del vaso que le sirvió. La cerveza, a la luz del fluorescente, cobraba reflejos dorados.

Bebió, sin sed, como había anunciado: «por gusto». No era precisamente lo que se dice guapa; la miré de arriba abajo, sin disimulo, y ella se dejó examinar, con cierta arrogancia. Tenía las piernas finas, los tobillos delgados, el talle demasiado apretado pero bien ajustado. Y del pecho, no hablemos. No se veía otra cosa, realzado por un galón de lentejuelas que hacía juego con la cinta del pelo.

A pesar de un ligero estrabismo que de hecho no le quedaba nada mal, tenía un rostro dulce y bastante regular. Podía leerse cierta expresión de desamparo en la comisura de sus labios, y bajo el maquillaje exagerado se adivinaba la niñita que había sido. En un flash vi el cuchitril de casa, al hijo por año, los pañales por el pasillo, al animal repleto de vino que volvía a casa sólo para follarse a su hembra.

—¿Y usted bebe algo?

—Sólo whisky escocés.

Instintivamente se apartó, y comprendí que respetaba hasta la palabra misma.

—Puede pedirse una botella de champán Dom Pérignon si quiere... ¡Por mí! He dicho que pago yo, y pago.

—De acuerdo, un Black and White.

—¿Un qué?

—Es una marca de whisky, mi preferida.

El respeto se acentuó y pidió humildemente la copa.

—¿Por qué lleva un bastón? ¿Es coja?

¿Qué podía contestarle? ¿Cómo darle a entender que se puede llevar un bastón por elegancia y no por discapacidad o senilidad? Renuncié.

—No, señorita, es simplemente un recuerdo, una especie de fetiche del que no me separo.

Eso sí que lo entendía. La superstición está muy extendida entre las prostitutas, y todo lo que evoca un amuleto de la buena suerte adquiere para ellas un valor inestimable.

—Ya veo... Yo tengo un Bambi de peluche, es lo mismo... pero no me veo trabajando con él en los brazos.

Soltó una carcajada, y eso me gustó.

—¿En qué trabaja?

—¿Me está tomando el pelo? Sabe perfectamente a qué me dedico.

—¿La calle, naturalmente?

—¿Pero me ha mirado usted bien? ¡No, eso nunca! Tiene una que haber perdido todo el respeto por sí misma para hacer la calle. ¡Sin contar con la cantidad de gente que anda metida a eso! Siempre con broncas... además de las redadas... y todo lo demás.

—¿Ve? ¿Se da cuenta? No sé nada de usted.

—Bueno, la verdad es que es casi lo mismo, aunque no, desde luego que no. No, lo mío es el trabajo de bar, de ambiente, vaya... Champán y todo eso, ya sabe.

—No, no sé... pero seguro que puede explicármelo.

A decir verdad, todavía no había entendido muy bien la diferencia entre la prostitución «in» y la prostitución «out». Para mí, la cuestión era de lo más sencilla. Consistía en venderse, y poco importaban las florituras.

—¿Y si nos sentáramos?

No, no me apetecía nada. No tenía ganas de exhibirme junto a ella en medio de la sala. Pero la chica me interesaba. Era la primera vez que hablaba con una puta auténtica: la experiencia valía la pena.

—No, preferiría ir a otro sitio.

—¡Oh!, sí, desde luego. Un lugar más íntimo… Espere… ¿Conoce *Les Deux Pingouins*? ¿No? Entonces vayamos allí. Venga, cogeremos un taxi.

Pagó las consumiciones, y me pareció que el billete de los grandes que exhibió era pura ostentación.

A la salida un taxi parecía estar esperándonos. Le dio una dirección que no oí. Seguía absorta en su lasciva forma de andar, de contonearse, mejor dicho.

En el taxi, me fijé en su perfil. La verdad es que no era fea. Tenía una naricita a la parisina, pequeña, sensible, y respingona. La sentía inquieta. Sin ser consciente de verdad, estaba sobre ascuas, y ese malestar me excitaba.

No dejé de observarla durante todo el trayecto, y ella no se atrevía a devolverme la mirada. Llegamos a una calle oscura con el pavimento reluciente por la lluvia. Pagué, y esta vez no protestó.

El bar era rojo, y se veía de lejos gracias a un farol de esos de burdel. Las puertas cerradas parecían esconder un antro misterioso. No había cazadores en la puerta. En el letrero había dos pingüinos enlazados que parecían dar la bienvenida con cierto aire de superioridad.

Quiso entrar la primera, pero la detuve con una mirada imperiosa. Me adelanté a ella, y con los ojos la forcé a que me siguiera. Siempre he creído en la fuerza de la mirada, sobre todo en las mujeres. Obedeció mecánicamente, protegiéndose el pelo con un horrible bolso dorado a juego con los zapatos de salón. Caía la lluvia glacial y fina. A lo lejos, detrás de la bóveda del Panteón, el cielo tornaba a gris, cargado como la lengua de un borracho.

En el interior de *Les Deux Pingouins*, entendí el porqué del nombre del establecimiento. Había por todas partes enlaces furtivos, toqueteos discretos, y el ambiente aterciopelado contribuía a dar esa impresión de amor de invernadero. La única curiosidad residía en la homosexualidad del lugar, y confieso que vi los más hermosos travestis de mi vida en aquel lugar maldito.

Me senté a una mesa y encendí la vela situada en el centro. Sin esperar a la chica que estaba hablando con el camarero —espléndida criatura embutida en un spencer de lamé—, pedí un Black and White.

—Señora, su amiga tiene costumbre de beber champán.

Aquello me sacó de mis casillas. El mariconazo se atrevía a meterse conmigo a la cara, abofeteando sin vergüenza a la raza de las *garçonnes*.

—Señor, sepa usted que no es amiga mía. Además, tengo por costumbre pedirme yo lo que bebo. Si ella desea champán, no se preocupe que tendrá usted su parte del beneficio, ¡pero ahórrese sus consejos! Y no vuelva a llamarme «señora». ¡Gracias!

El pingüino recibió la reprimenda con gracia, y se volvió hacia la cubitera, junto a su amiguito vestido de lamé que hacía juegos de pectorales ante los clientes, puteros de endémica sed. Los dos eran guapísimos, y hacían muy buena pareja, aunque resultaban algo vulgares.

La chica vino hacia mí meneándose de una

manera que me puso cachonda. La deseé tanto que estuve, durante un segundo, a punto de gritar.

—Pienso que deberíamos preguntar si podemos sentarnos.

—¿Deberíamos?

—Bueno, yo debería.

—Eso sí, usted, de momento usted solita. Porque cuando yo estoy con una mujer, me gusta que se quede conmigo e ignore al resto del mundo.

—¡Si sólo había ido a saludar al dueño!

—Para mí son todos sirvientes. ¡Y no está usted con una de sus amiguitas de barra!

—Pero bueno, ¿quién se ha creído que es?

—Me llaman Gigolá.

—¡Gigolá!… ¡Qué nivel!

—¿Qué quiere tomar?

—Tomaré lo mismo que usted, Gigolá, un whisky.

—Muy bien. Así me gusta… Deje el champán para esos pobres puteros.

Me levanté para ir a pedir. Todas las parejas insólitas habían dejado de besarse y me miraban. Me esforzaba por andar con paso firme y decidido. El alcohol empezaba a afectarme, a la vez que despertaba algo que empezaba a agitarse dentro de mí.

Sí, me miraban —seguro que el bastón, que siempre iba conmigo, contribuía a ello—. ¡Ay, si hubiera podido llevar ya encima el traje de terciopelo! ¡Qué no hubiera dado yo en aquel momento por una varita mágica que me transformara!

Pero aparentemente la camisa verde y el pantalón de terciopelo del mismo tono bastaban para darme ese aire extraño que siempre he cultivado con esmero.

—¡Camarero, dos Black and White, por favor!

El maître con quien me había enfrentado le cortó bruscamente a su «tesoro», que se quedó con la palabra en la boca, y con cara de idiota a pesar de su belleza.

Volví a la mesa donde me esperaba la chica, admirativa. Decidí enterarme de su nombre, aunque ya me rondaba uno por la cabeza.

—¿Cuál es su nombre?

—¿El verdadero o el falso?

—Los dos.

—Me llamo Danielle. Pero como queda un poco pueblerino, me han rebautizado. Seguro que tampoco le gustará.

—Peor que Danielle no puede ser.

—Sylvie.

—Evidentemente... Yo sé qué nombre le va más a su personaje.

—¿Cuál?

—Va a vestirse de otra manera, se peinará con moño en la nuca... en la nuca, ¿me oye? Nunca moño alto, ¿de acuerdo? Hay muchísimo por hacer, pero lo haré. Y se llamará Cora.

—¿Por qué?

Sí, ¿por qué? ¿Por qué me habían entrado unas ganas repentinas de coger a aquella chica insignificante y flacucha para crear a una criatura de ensueño que haría que todos se volvieran a su paso? A lo mejor se trataba sólo de un espejismo, un efecto dañino del alcohol... quizá luego se desvaneciera todo... pero no, de repente tuve la certeza de que Cora existiría.

—¿Por qué trabaja en esto?

—Porque hay que comer.

—Bueno, no exageremos, se puede comer perfectamente sin tener que prostituirse.

—Depende de lo que quiera una comer. A mí me gusta todo, el caviar, el champán... y también las joyas, las pieles... ¡todo, vaya!

—¿Y qué ha conseguido?

—¿Qué quiere decir?

—Dice que le gusta todo, así que trabaja en esto para conseguirlo.

—Sí, claro.

—Pues bien, ahora le pregunto: ¿Qué ha conseguido? ¿Un castillo, visones, un apartamento a su nombre? ¿Un vestido de alta costura por lo menos?

—¿Pero está usted loca o qué?

—Soy lógica, simplemente. Para mí la prostitución se concibe en la medida en que la jugada merece la pena. Igual que un verdadero ladrón no dará un golpe de tres al cuarto, una puta con clase no debe venderse en menos de cierta cantidad.

—No me imaginaba que supiera usted tanto de estas cosas.

Claro, había utilizado el lenguaje que entendía, y lo había hecho adrede.

—Dígame entonces, ¿dónde vive?

—En un hotel.

—¿Y las pieles?

—Un abrigo de conejo negro.

—Joyas, quizá…

—Un topacio que mandé montar el año pasado, en estilo moderno.

—¿Y los vestidos, los zapatos, los bolsos, los perfumes? ¿Coche?

—Es que necesito ropa especial.

—Sí, ya me he dado cuenta, de la que se ve de lejos. Y cocodrilo falso, brillantes falsos, lamé falso.

Vi una lágrima deslizándose por una de sus pestañas, y eso me excitó.

—Vamos, Sylvie, ¿quiere convertirse en Cora?

Sabía que diría que sí. Pronto aceptaría cualquier cosa de mí. Lo sabía gracias a ese instinto seguro que siempre me ha guiado. ¿Podría decir qué me inspiraba en ese momento? Interés seguro que no, al menos no un interés preciso. No, más bien era una necesidad de crear, de moldear un ser a mi manera.

Me contó que trabajaba todas las noches de nueve a cinco de la mañana, que ganaba veinte francos por botella de champán descorchada para ella, diez francos por un doble, cinco francos por una caña y un maldito franco por cada copa de otra cosa. Luego de cincuenta a cien francos por pase, según las posibilidades de los clientes, de la fecha del mes, y del humor de la patrona.

En suma, trabajos forzados. Así se lo dije, sin miramientos.

Me miró a los ojos, y por una vez la dejé hacerlo.

Sigo sin saber si fue el alcohol, la lluvia que golpeaba los cristales de las puertas del bar o el aburrimiento de una vida miserable lo que jugó en su favor. Lo cierto es que volví a sentir ese deseo violento e incontrolable que precipita a dos seres el uno contra el otro.

La estreché suavemente entre mis brazos, y la mantuve así, enlazada. Supe inmediatamente que ese tipo de experiencias le era completamente desconocido.

Temblaba de la cabeza a los pies, y tuve que retirar el brazo para que pudiera reponerse.

—¿Quiere venir a dormir conmigo?

—¡Oh!, se lo ruego... aún no, espere un instante.

—Como quiera, Cora, la esperaré.

Al oír el nombre de Cora se sobresaltó. Leí en sus ojos una fidelidad canina.

Pagué la cuenta. Era mi último billete de diez mil, y ni siquiera lo pensé. La vida me parecía más bella, más dulce, más interesante. El jazz seguía destilando su veneno en mis venas.

Mi bastón brillaba en la sombra, y curiosamente los ojos de jade de la pitón parecían desafiarme.

Cora, relajándose poco a poco, vino tímidamente a buscar mi mano, abierta y apoyada en el terciopelo del asiento. No la retiré, y la vi contemplar cada uña, cada falange, sin atreverse a la menor caricia.

Esa sensación de convertir en virgen a una puta me turbó divinamente. Nunca la olvidaría.

Para no amedrentarla, decidí dejarla venir a mí... sin dudar un solo instante del éxito final.

Cuando posó su mano en mi pelo mojado por la lluvia, cuando tendió la frente en un gesto de esclavo que acepta el yugo, pedí un taxi reprimiendo mal la satisfacción que me procuraba el triunfo.

Sentía apego por aquella chica de una noche como si se tratara de una obra mía, de un éxito mío. Y estaba decidida a ponerle precio.

A la puerta del edificio, me aparté para dejarla pasar. Me miró sorprendida. Había todo un protocolo que tendría que enseñarle cuanto antes.

Se detuvo delante del ascensor, dubitativa.

—Es el tercero, ¿quiere subir a pie?

—¡Oh, estoy tan cansada!

Sí, evidentemente, la pobre niña no podía más. No me gustaba aquel ascensor hermético pero, por ella, acepté. Sus pies torturados por los tacones de aguja me obsesionaban y me imaginaba sin problema su fatiga cotidiana.

Cora se quedó inmóvil frente al umbral del apartamento, aparentemente subyugada por la entrada roja que acababa de iluminarse.

—¡Oh, qué bonito es esto! Me encanta…

El acuario gigante, que había justificado —entre otras cosas— el exagerado traspaso que había tenido que pagar mi madre, nos acogió con sus turbios fulgores. Sin ocuparme de ella, encendí los apliques del living, y dejé el bastón encima de la mesita baja, comprada la semana anterior.

Estaba operándose el encantamiento, y yo lo sabía: el papel chino con que había revestido las paredes daba a la habitación un aspecto fantástico, ligeramente avivado por las pesadas cortinas de terciopelo granate.

—¡Oh, es formidable!

Gozaba con su estupefacción, mientras le retiraba el bolso para que se sintiera cómoda. Tenía los hombros brillantes de lluvia, bajo los delgados tirantes de lentejuelas. Parecía un perro mojado, recién recogido de la calle.

Se dejó caer en el sofá y replegó las piernas en una pose que creyó distinguida. Me puse de rodillas para descalzarla. Tras un sobresalto de resistencia, aceptó mi mano sobre su piel húmeda. Los zapatos dorados, empapados, parecían de papel *maché*, mal pintados.

Percibí de un solo vistazo las uñas color carmín, los feos pelos de las pantorrillas, el descuido que se desprendía —como era de prever— de toda su persona.

Curiosamente no me echó para atrás. Al contrario, aquellas negligencias me enternecieron, y le besé los pies, que tenía helados. Se dejó hacer, con todo su ser en tensión.

—¿Quiere un grog? ¿A menos que no soporte el ron blanco?

—¡Oh, lo soporto todo! Además, ¡tengo tanto frío!

—Y tanto sueño…

Delicadamente, le dejé los pies apoyados en el otro sillón y desaparecí en la cocina.

Cinco minutos después, volví con una bandeja de carne fría, fruta y queso, y una botella de Burdeos para acompañar, que me parecía más adecuada que un grog.

—¿Quiere quitarse el vestido y ponerse un jersey cómodo?

—¡Oh, sí!, pero he de lavarme.

Sin una palabra la cogí de la mano y la llevé al baño.

—Dúchese con agua muy caliente… tan caliente como pueda soportar. A continuación, póngase este albornoz y fricciónese. Luego venga a reunirse conmigo al salón.

Le bajé la cremallera del vestido que la oprimía y cerré discretamente la puerta. Nunca me ha gustado ver a una mujer desnuda salvo en los juegos amorosos, y sigo sin entender a los hombres que disfrutan mirando cómo se lava el culo una mujer.

Con un gesto maquinal, puse en marcha el electrófono, y elegí el *Concierto para piano* de Tchaikovski. El jazz de los *Pingouins* me había emborrachado, y aspiraba a una desintoxicación, al menos parcial.

La carne de la bandeja me daba ganas de vomitar, pero sentía una ternura especial por quien había mirado esa comida con codicia de niña pequeña.

Cuando volvió hacia mí, me había calmado y me sentía dura como el acero, peligrosa para aquella niña sin alma.

—¿Podría prestarme un jersey y un pantalón?
—No, querida, quédese así durante la cena... está usted encantadora.

Sonrió como una mujer feliz. No le pedía más.

Le llené la copa de Burdeos antes de servirle la carne con pepinillos y pan tostado. No dejaba de mirarla, atenta a la menor de sus reacciones.

Comió y bebió con avidez.

—Qué bonita, la música... ¿Es Chopin?
—¿Por qué Chopin? ¿Porque es piano?
—No, porque me gusta Chopin...

Qué raro, esa pasión por Chopin no cuadraba nada con el personaje.

—Es Tchaikovski.

—No lo conozco.

—No importa, Cora. No es de una importancia vital. Hay mucha gente que vive sin saber quién es Tchaikovski. Y los que lo conocen no viven mejor por eso.

Me miró sin entenderme bien. Me gustaba así, un poco perdida, con ojos de cocker triste. Pero ya no tenía ganas de ella. La carne le había llenado los labios de grasa, y su expresión se había hecho pesada, como su estómago.

Se paró el disco, apagué el electrófono. Fuera, los cláxones y los frenazos daban fe de un indestructible furor de vivir: el del submundo. En aquellos momentos era cuando más apreciaba yo mi libertad, mi vida sin reloj, sin fichar, sin obligaciones de ningún tipo. Un ser perfectamente libre se había convertido en un bicho raro, y era consciente de la inestabilidad de mi situación.

—Vaya a acostarse, Cora... dormiré aquí.

—Pero...

—No haga preguntas, prefiero dormir aquí. Esta mañana, por lo menos.

—Entonces desearía vestirme e irme a mi casa.

—¿Y por qué?

—Porque no podría dormir sola, así, en su cama.

—¿Por qué?

—Porque tengo frío... porque tengo ganas de llorar.

—Llore, no me molesta. ¿Quiere un pañuelo? Tengo un montón en el armario.

Se levantó bruscamente, y el cuello chal del albornoz se deslizó, cayendo hasta la cintura... Y dejando al descubierto una de sus tetas de piel muy mate, que no se tapó.

La ira y la rabia le procuraban una belleza nueva así que no hice nada por calmarla.

—Deme mis cosas, ¡me voy! ¡Ya me he cansado de usted!

Instalada en el sofá, la miraba sin abrir la boca. El cinturón del albornoz se estaba soltando, y esperaba que cayera de golpe, pero no cayó, y Cora, hecha una furia, se fue para la habitación.

Inmóvil, bebí un trago de Burdeos, y encendí un cigarro americano. Empezaba a sentir en los riñones una fuerza que renacía, brutal e imperiosa. La dejé crecer voluntariamente, avivada por el ruido de los sollozos.

Fui a apoyarme contra el marco de la puerta,

y vi el albornoz en la cama, cubriendo parte del cuerpo de Cora. Un olor húmedo y almizclado me llegaba de su pelo suelto por encima de la manta de piel.

Se apoderó de mí un deseo violento. Me retuve para no echarme encima, pues sabía que ella esperaba otra cosa de una primera experiencia.

En estos casos, siempre he sido fiel al ideal de Lesbos. Nunca he antepuesto mi placer al de la mujer. Nunca mis deseos —ni los más impetuosos— se han impuesto a los delicados tocamientos que sabía esperados.

La pobre niña, maltratada por los clientes que debían de pasarse un montón sólo por haber pagado, no merecía verse decepcionada también por el único amor que para mí era digno de ese nombre: el de las mujeres entre sí.

En una visión fulgurante, me imaginé a la chica asqueada, perdida para nuestra causa, e inmediatamente se me pasó el arrebato.

Cuando he tenido la ocasión de abordar a una neófita que lo esperaba todo de una primera experiencia, me he esforzado siempre por controlar mis impulsos bestiales y profundamente machos que me abrasan los riñones.

Luego ya no es lo mismo, las cartas están boca arriba... pero la primera vez, nunca. Esperé a que se calmaran los sollozos, y debió de sentir una presencia porque levantó la vista hacia mí. Entendí lo que deseaba. Lo que reclamaba todo su ser sin saberlo. Yo sí sabía. Y ahí residía toda mi superioridad. En ese momento la dominaba de manera absoluta, y no era por el whisky, el bastón con su empuñadura o Tchaikovski.

—Acércate.

Obedeció. Su larga melena negra se desparramó entera en bucles apenas esbozados; el albornoz se deslizó definitivamente y desnuda, tal y como yo la quería, avanzó hacia mí.

Sobre todo tenía que evitar todo gesto brusco, no hacer nada que echara a perder la ventaja que había logrado.

Se pegó a mí, y sus pezones rozaron los míos. A pesar de mi turbación, la miraba fijamente, sin pestañear. Puso su vientre contra el mío, me cogió las manos para estrecharlas sobre su culo, y echó la cabeza hacia atrás con un gesto que me pareció la feminidad misma.

La besé. Le cogí la nuca con la palma de la mano, la mantuve contra mí mientras le abría la boca a la fuerza. Respondió fogosa a mi beso, como debía de hacerlo con un hombre. Sus pezones erectos se chocaban con los míos, en una caricia precisa. Intentó atraerme a la cama.

—Desnúdate... Ven... ¡Ay, tengo tantas ganas!

¿Estaba entendiendo que esta vez se trataba de una mujer y que el despertar podía ser brutal? ¿Deseaba verdaderamente una posesión completa?

Me fié —como siempre— de mi instinto de lesbiana auténtica, que no había decepcionado nunca a ninguna de mis parejas. Llevaba haciendo el amor a las mujeres desde los quince años, y podía presumir de no haber fracasado nunca, ni siquiera con las más exigentes.

La tumbé yo misma sobre las pieles, y la acaricié suavemente. Se puso a jadear con fuerza. Resultó ser una cachonda.

Me quité la camisa y pegué mis tetas a las suyas. Mojé los pezones y la sensación nos pareció deliciosa. Se puso a gritar. Decidí besarla, sin saber muy bien qué deseaba exactamente.

Cuando mi lengua tomó posesión de su sexo, tuvo un espasmo de felicidad. Estreché sus caderas entre mis brazos, y mis dedos se encontraron con aquellas tetas tan sensibles. Recibí su placer así, sin moverme nada, simplemente aturdida de sentirla tan vibrante.

Se relajó en un orgasmo ardiente que bebí hasta los posos.

—Amor mío... mi vida... corazón mío...

Enlazó las piernas alrededor de mi cuello, y me quedé sumida en la calidez de su sexo. Sus dedos acariciaron mi pelo rapado y se deslizaron por mi cuello, acercándome a su cara.

Me besó la boca húmeda de placer y me limpió luego humildemente los labios, como presa de un remordimiento. Me tumbé a su lado.

—Dime lo que quieres... Desnúdate, haré lo que quieras.

—No quiero nada, Cora, ¡duérmete!

—Pero, ¡si tú no te has corrido!

—He gozado más que tú... mucho más... No intentes entender.

Me miró como quien mira a un monstruo, y se quedó dormida entre mis brazos.

Fuera, el camión de la basura ralentizaba el flujo de coches. Se oían gritos, frenazos, el ruido de las basuras... ¡Se oía la vida!

Hacia mediodía, sonó el teléfono, descolgué refunfuñando. Era mi madre, en plena forma, convencida de la reciprocidad, y de que tenía que estar encantada con su llamada en un día así de sol, etc.

Cora abrió los ojos cargados de sueño, y se acurrucó en el hueco de mi brazo libre. Su mano, nerviosa, intentó desnudarme —desde luego, parecía obsesionada con eso— pero la aparté.

Me miraba con una adoración que he visto rara vez en otros ojos, lo que me apaciguó instantáneamente.

Me levanté, preparé rápidamente dos zumos de naranja, y volví a la cama cuyo evocador desorden me sedujo.

Luego fui al cuarto de baño a darme una ducha helada para reanimarme. Sentía la necesidad física de esa cascada fría para expulsar los miasmas nocturnos.

—Date prisa, amor mío, me está entrando el sueño.

Me divertían sus mohines infantiles y sus frases hechas.

Cuando abrí la puerta de la habitación, efectivamente se había quedado dormida, con un trocito de pulpa de naranja en la comisura de los labios. En su teta derecha se habían imprimido los pliegues de la sábana como un amplio tatuaje, y su cuerpo delgado, naufragado en medio de las sombras, yacía cruzado en la cama blanca.

Me había puesto un pijama chino de otros tiempos, de una época en la que me habían mimado, deseado, adorado, una época que asomaba a la superficie después de tantos esfuerzos y tantas luchas, como emerge un ahogado todo hinchado para mortificar más a su verdugo.

Aquel pijama era todo un símbolo de una manera de ser, y sabía que al ponérmelo conectaba con un yo profundo que había borrado, casi abolido, en el transcurso de años pasados en los libros y otros exutorios… Ese yo volvía, enriquecido por una experiencia nueva, más vigoroso que nunca.

Aquella bella durmiente no estaba viendo al vampiro que le iba a chupar toda la sangre. La niña descansaba, confiada, junto a un monstruo dispuesto a todo para realizarse.

La estreché contra mí y la desperté a besos. Se dejó hacer, indolente, diabólicamente femenina. Me gustaba esa lascivia, la prefería a la locura amorosa que la había poseído unas horas antes.

Tenía ganas de hacerle daño, y se me afilaban los dientes junto a la vena palpitante de su cuello. El raso de mi pijama la frotaba con caricias refinadas que pareció apreciar —sin atreverse a confesarlo.

Como un animal doméstico, se hizo un ovillo en la oquedad de mi hombro y cruzó las muñecas tras mi cerviz. Es una de las poses que prefiero en una mujer, y me conmovió ver que lo había adivinado por sí sola.

Le acaricié la espalda, buscando con destreza los centros erógenos. Se estremeció, y sus uñas se clavaron en la carne de mi cuello.

Me desnudé sin soltarle los brazos. Dio un sobresalto de agradecimiento gozoso, y enseguida quiso tocarme más íntimamente. Le cogí las manos de nuevo, las alcé alrededor de mis hombros y con una mirada le prohibí que volviera a intentarlo. Lo entendió, dejó de insistir y se pegó a mí.

Mis tetas se ponían duras contra las suyas, y las reuní delicadamente toqueteando con los dedos los cuatro pezones al tiempo. Luego la acaricié con una mano, rápidamente, y sentí como se empalmaba. Su clítoris se hinchó y se puso tieso, a la espera del placer.

Cuando estaba ya a punto de correrse, le coloqué la almohada bajo los riñones, la agarré sin dejarle tiempo para recuperarse, y la aplasté con mi cuerpo.

La cogí en mis brazos como un hombre, y reuní nuestros dos sexos en erección. Su clítoris vino a reunirse con el mío, lo que acabó de enloquecerla. Se elevó de golpe, y deslicé mi mano derecha por debajo de su culo para sentirla mejor. El movimiento giratorio con el que la gratifiqué le arrancó un alarido, su cuerpo se arqueó, antes de caer inerte sobre la almohada.

Me corrí lúcidamente y en silencio, segura de que ella no había entendido nada. El tribadismo le había resultado una palabra demasiado altisonante para aquello que habíamos logrado con tanta facilidad. Parecía tan maravillada y tan dotada a la vez que prefería dejarla en la ignorancia.

—¿Cómo te llamas de verdad?

—Ya te lo he dicho, Gigolá. Llámame Gigolá.

—Nunca habría imaginado que todo esto existiera. Por supuesto sabía que las mujeres podían acostarse juntas, pero pensaba que se limitaba a un flirt... ¡Mientras que esto! ¡Y tenía que pasarme a mí, que tanto he amado a los hombres!

—¿Ya no los amas?

—¡Oh!, es que, sabes, me han hecho tantas putadas...

—Sí, claro, pero bueno, ya sabes, cuando se ama algo de verdad, siempre se vuelve a ello. Poco importa por qué caminos, pero se acaba volviendo.

—Es verdad, sí. Es como el alcohol. Por mucho que intentes dejarlo, se aguanta un poco, a veces mucho tiempo. Desgraciadamente siempre llega una noche... porque siempre se recae en el vicio por la noche.

—Sí, y entonces todos los pretextos son buenos. Fiesta o duelo, abatimiento o alegría demasiado intensa, todo nos sirve de justificación para la fatal recaída. Pues con los hombres sucede lo mismo.

—¿Y con las mujeres?

—¿Qué quieres decir?

—Cuando se ha amado a las mujeres y se intenta cambiar, ver las cosas de otra manera, crees que, tarde o temprano...

Sin saberlo, había puesto el dedo en la más

profunda de mis llagas y opiné tristemente con la cabeza. Inútil darle detalles de mi pasado. Estaba decidida a no desvelarle nada.

No sabía yo aún que el amor confiere genio a las mujeres, y que hasta la más tonta de entre ellas tiene atisbos de inteligencia, si ama sinceramente y de corazón.

Cora, sintiendo que había tocado una cuerda sensible, no insistió ni se atrevió a aventurarse más. Le agradecí esa forma de discreción que quizá era simplemente temor.

Tal como se mostraba, así, abandonada, nadie habría reconocido en ella a la puta agresiva y demasiado maquillada en que se convertía, llegada la noche. Ese vestido de raso pobre, esas lentejuelas en el pelo, esas tetas al aire a todas horas, todo eso no era otra cosa que el atuendo que uno se pone para subir al escenario antes de cada representación. Es, en suma, el papel, y siempre el mismo, que se recita cada noche ante un público totalmente uniforme en su miseria, a pesar de su aparente diversidad.

Pensaba en todo aquello mientras la veía dormir. De repente quise que se fuera inmediatamente, que volviera a aquel bar, y no habría sabido decir por qué.

Se despertó la primera, y vi que eran las seis de la tarde.

—Tienes que ir a cambiarte. ¿En qué hotel vives?

—¡Oh, me gustaría tanto quedarme contigo esta noche!

—Imposible, cielo. Tengo cosas que hacer.

Me miró incrédula, y sus ojos, que se habían encendido durante un instante, recobraron la melancolía que tanto me gustaba. La quería triste, destrozada, interesante. No hay nada que canse más que una mujer excitada, o agradecida.

—Mi hotel está a dos pasos. Ahí es donde tengo las citas.

—¡Podrías evitar hablar así, es tan vulgar!

—¿Cómo tendría que decir?

—Escucha, Cora, vas a aprender a hablar menos, es primordial. Como hablarás poco, intrigarás, y los hombres se fijarán más en ti. Evidentemente no serán los mismos.

—No entiendo nada...

—No importa. ¿Quieres, sí o no, hacer lo que te digo y seguir mis consejos?

—...

—Lo que digo es por tu bien... y para conseguir

un rendimiento mejor en tu trabajo. Habla poco, conténtate con escuchar lo que dicen los demás. E intenta adoptar un aire distante.

—¡Al revés, tengo que atacar!

—Sigue atacando, pero hazlo con el aire distendido de quien no está a la espera de una copa o una respuesta. Vas a trabajar en lo que estás haciendo dos meses más, y después se acabó.

—¿Cómo que se acabó? No sabes lo que me costó entrar en ese bar. Créeme, no es fácil.

—Todo eso, Cora, se terminó. Vas a trabajar dos meses para comprarte un coche... un coche magnífico. El resto vendrá después.

—¿Y qué haré con él? El coche no me dará de comer.

—Sí, querida, te dará de comer. Incluido caviar. Comerás todo lo que quieras. ¿No has oído nunca hablar de las amazonas?

—No.

—Desde luego, me pregunto quién te ha enseñado el oficio. Hasta yo que no soy de ese mundo.

—Mientes, Gigolá. Eres demasiado libre como para no ser de mi mundo.

—Cree lo que quieras, de todas formas, ahora ya es así, puesto que estoy contigo.

—¡Si fuera verdad! Si quisieras tenerme aquí, cerca de ti...

—No, no has entendido nada. Nunca viviremos juntas. No se vive con una prostituta... mi niña, demasiados riesgos, y el proxenetismo se paga demasiado caro.

—¡Pues menos mal que Gigolá no pertenece a mi mundo!

—No, Cora, no soy de tu mundo, ni lo seré nunca. Las circunstancias juegan y determinan la vía a seguir. Pero puedo jurarte que no me dejaré la piel haciendo de macarra.

—Suspiró, y se pegó más a mí.

—¿Sabes?, tengo dinero en la caja de ahorros.

—¿Cuánto?

—Doscientos sesenta mil francos. De los antiguos, claro...

—¿Y en el banco?

—Nada.

—Bueno, nos arreglaremos. Mañana sacas los doscientos sesenta mil.

—¿Para?

—Me los darás, Cora. Los necesitaré para vestirte, para crearte de nuevo. Tenemos que ir de tiendas, a salones de estética, y todo eso cuesta muy caro.

—Es que la dueña del bar no va a querer que la deje.

Ése sí era un argumento decisivo.

—Iré a hablar con ella, si tienes miedo.

Me miró, sin saber ya qué argumento utilizar.

—¿Cuánto le das por cada cita? ¿Tiene un beneficio, naturalmente?

—Sí... veinticinco por ciento. Y veinticinco para el *cazador*. Es normal, es él quien atrae a los clientes.

—¡Qué bonito! ¡Te vendes por un precio ridículo y encima das el cincuenta por ciento de limosna a unos buitres que sólo piensan en aprovecharse de tu juventud!

Sonrió y se acercó a mí. Cada reacción caracterial suya la hacía más hembra.

—Te lo daré todo.

—¿De verdad que no tienes nada en el banco?

—¡Oh!, unos cien mil... pero no quería tocarlos.

—También me los darás.

—¿Por qué? Es que...

—Me los darás y se acabó.

Me levanté y me vestí rápidamente. Cora se había dejado caer de nuevo en la cama, no sabiendo cómo hacer, dividida entre el amor por el dinero y el encoñamiento.

La despreciaba completamente, y ella se dio cuenta.

—Ve a cambiarte. Estarás lista para la cena.

—¡Oh! ¿Vas a cenar conmigo?

¿Cómo jugar con ese impulso que venía de todo su ser?

—¡Tú sueñas! ¡Yo!, ¿cenar contigo? ¿Con vestido de raso, naturalmente? ¿Sin olvidarnos de los zapatos dorados? Y el bolso a juego… ¡El colmo del refinamiento!

—Me haces daño…

—Mejor, cuanto más te duela, más sentirás todo lo que te queda por andar. Te queda mucho, bonita, antes de poder cenar conmigo.

Acabó levantándose. Su aire desamparado me excitaba, me apetecía muchísimo echarme encima de ella, pero tenía que retenerme si no quería estropearlo todo.

—¿Cuándo puedo volver a verte?

—Mañana, después de las compras.

—¿Qué compras?

—Tendrás que pasar por la caja de ahorros y por el banco…

—...

—Nos vemos después, en la sala del fondo del *Palmier*. Estaré esperándote a partir de las seis, puesto que los bancos cierran a las cinco. Si no te veo a y media, entenderé que hemos terminado.

—¿Eso es todo?

—Sí, todo. No olvides los pendientes. Sería una pena.

Le alcancé las infames margaritas de corazón amarillo que cantaban tanto como el raso rojo de su vestido. Los cogió con humildad y los metió en el bolso.

—¿No me das un beso?

—Te daré un beso mañana si vienes.

—¿Me llevarás a tu casa?

—Puede... ya veremos.

—Podría comprar cosas para la cena, así nadie nos vería juntas...

—Depende, Cora. Depende de cómo te comportes.

La empujé hacia la puerta. Estaba nerviosísima.

—Vete, rápido, y trabaja bien... ¡Si me haces caso, no seguirás mucho tiempo en ese antro!

Me mordió los labios sin que se me moviera ni un solo músculo facial.

Le abrí la puerta y la dejé pasar. Me espetó el insulto que tenía preparado en plena cara:

—¡Macarra!

Le cerré la puerta en las narices agradeciéndole para mis adentros que me hubiera tratado como a un hombre. Su ira no me afectaba. No me habían entrado ganas de pegarle. Me invadió una paz inexplicable, y de repente mi alma respiró con mucha más facilidad.

Sabía que al día siguiente, a las cinco en punto, Cora vendría a la cita con el dinero que le había pedido.

Sabía que luego todo sería una cuestión de adiestramiento, y me sentía capaz de las peores ruindades.

Entraba en una época benéfica. Iba a iniciar mi verdadero aprendizaje de *garçonne*. ¿Y qué mejor trampolín que el de aquel mundo?

Las seis de la tarde. El *Palmier*. Soy puntual. Es normal. Nadie en la sala, salvo una pareja sentada al fondo, aparentemente muy enamorada.

Me pido un pipermín. El sol dora las últimas hojas de los árboles. Hace bueno pero fresco. Me he puesto una camisa limpia. La última. En la tintorería me almidonan demasiado los puños, y el cuello me irrita la piel a cada movimiento. Tenía que haberme puesto un pañuelo. ¡Bah! Hace demasiado calor y habría sudado. El pantalón tiene mucha caída y los mocasines de ante van perfectamente conjuntados con los guantes. El bastón sigue ahí, más que nunca fetiche. Unas gotas de verbena-toronjil detrás de las orejas, y he aquí el personaje listo para afrontar nuevas aventuras.

La vi llegar por la calle de Bruxelles, y su vestido negro de lana me sorprendió agradablemente. Cualquier cosa me parecía mejor que ese horrible atuendo escénico que enarbolaba como un uniforme.

Se acercó a mí, feliz de verme, y me entraron ganas de abrazarla.

—Hola, Gigolá. ¿Cómo está?

Hice como que no me daba cuenta de que me trataba de usted y de aquel cambio de tono, muy acusado, que había adoptado.

—Hola, Cora... Muy bien... Hace un tiempo extraordinario. ¿Qué opinas, hermosa ave nocturna?

—Cuando el crepúsculo se hace esperar, los búhos salen antes de que caiga la noche.

—Sí, pero no es el caso, querida. ¡Estamos en pleno otoño!

—¿Qué toma?

—Un pipermín. No pidas lo mismo, excita mucho. Con todo ese champán que vas a beberte esta noche, no necesitas alcoholizarte más.

—¡Ya me gustaría a mí beber champán! Por desgracia, cada vez se da menos; en general, me toca o gin-tonic o whisky con soda.

—Peor para la salud.

—¡Mira quién fue a hablar de salud!

—Lo que yo diga no es cosa tuya.

Encendí un Camel, que coloqué en la boquilla. Me miró a los ojos y cambió repentinamente de tema.

—Tengo el dinero, Gigolá.

—Ya lo sé, Cora… Si no, no estarías aquí…

—¿Quieres todo?

—Sí. ¿Dónde sueles cenar?

—En la cervecería de abajo, en la calle Douai.

—Demasiado cara. Y va mala gente.

—Y qué… Que no nací ayer…

—Pero tampoco tienes que ir por ahí pregonando lo que eres.

—¿Te da miedo que me enganche algún macarra?

—Son cosas que pasan, Cora. Ayer me lo llamaste a la cara, y no lo he olvidado.

Bajó la mirada y metió la mano en un horrible bolso acharolado. Pero no era el bolso lo que me importaba, sino el sobre que había dentro, y que me entregó fríamente.

—Pónmelo en el bolsillo, no quiero que me lo des en la mano.

Sorprendida, se levantó, vino a sentarse a mi lado, y me deslizó el paquete por el escote de la cazadora.

—¿Por qué haces esto, Cora?

—Porque te quiero, Gigolá. Estoy dispuesta a todo para no perderte.

La atraje hacia mí y le besé la sien. Olía a jabón,

a colonia barata y el pelo, todo lacado, se le pegaba a las orejas.

Se dejó llevar por un instante. Vi cómo se le cerraban los ojos.

—¿Has ido a la peluquería?

—Sí, voy todas las tardes.

—¿Cuánto te cobra?

—Cinco francos por hacerme el moño.

—¿A eso le llama moño tu peluquero?

—A mí no me parece mal.

—No te cobra suficiente, Cora. Vendrás mañana conmigo a los Campos Elíseos, a un estilista. Te decolorará unas mechas, para parecer algo mayor... la sofisticación dentro de la naturalidad, eso es lo que más gusta.

—¿A quién?

—Ya sabes...

—¿Y a ti, cómo te gustaría?

La cogí de los hombros, con un gesto protector. ¿Qué podía contestarle? ¿Que nunca me gustaría? No podemos decirle eso a una mujer que acaba de entregarnos los ahorros de toda su vida.

—Ahora vas a ir a cambiarte y a cenar. Te veré por la mañana en la cervecería de la plaza Blanche.

—Pero me habías prometido...

—No, Cora, no te prometí nada. Nunca te prometeré nada. Te esperaré mañana, y cenaremos en mi casa. Siempre que…

—Siempre que… ¿qué?

—Siempre que trabajes bien. Haz todo lo que puedas.

Una mezcla de alegría y pena se reflejó en su rostro.

—¿Y si no ha ido bien la cosa?

—Nos tomaremos una copa en la barra. Nada más.

—¡Gracias, Gigolá!

—Vamos, querida, ya verás como todo irá bien. Iremos de compras y vendrás a cenar conmigo. ¿De acuerdo, pequeña?

Quiso darme un beso, pero me aparté. No hay que ser muy dulce, es un auténtico veneno para las mujeres.

—¿Y dónde voy a cenar ahora?

—Donde quieras, Cora. Intenta encontrar a alguien en el restaurante, todo el beneficio para ti. Como comprenderás, si vas a cenar con tu vestidito de lentejuelas a un antro de mala muerte, ¡no puedes pillar nada serio!

—¿Y tú? ¿Qué harás hasta las cinco?

—No vuelvas a hacer esas preguntas. No es cosa tuya. Hago lo que quiero... Vengo a esperarte, eso ya es muchísimo.

—¿Y si te necesito?

—¿Necesitarme para qué?

—Para nada. Déjalo... De acuerdo para mañana por la mañana. ¡Ahora puedo decirle a todo el mundo que soy *marida*!

—No se lo digas a nadie por el momento, a menos que te veas realmente en un aprieto. No te preocupes, sé cuáles son mis responsabilidades y cumpliré con ellas.

—Cuando pienso que me dijiste...

—¿Que no era de tu mundo? No, no lo soy, pero sé que hoy entro deliberadamente en él. Lo he calculado todo, hasta lo peor... y estoy preparada. Lo que te pido es que no vayas por ahí contando tonterías.

—¡Yo, nunca...!

—¿Me vas a dejar terminar? ¡Qué pesada! Decía que no vayas por ahí contando a cualquiera y con cualquier pretexto que estás con alguien. Una indiscreción, una delación...

—¿Una qué?

—Un chivatazo, si prefieres. Tienes que saber

que hay quien se gana la impunidad vendiendo a los demás. Así que cuida tus palabras, sobre todo cuando bebas.

—Pero si vienes a buscarme...

—No tiene nada que ver. Cora, sé una mujer, no una niña. Sólo te querré con esa condición.

Cora soltó un suspiro.

—Lo intentaré, te lo prometo. Sólo quiero una cosa: ser tu mujer. Nunca antes sentí nada parecido... con un hombre. Si hubiera decidido tener un chulo, lo habría hecho para que me defendiera en caso de que me molestaran. Eso es todo.

—No temas, Cora, yo te defenderé. Si merece la pena, claro.

—¿Sabrás hacerlo?

—Si tienes alguna duda, vete y no vuelvas.

Me asió con fuerza la muñeca y se puso el bolso bajo el brazo.

—Hasta mañana por la mañana, Gigolá.

—¡Enséñame el bolso!

Me lo dio de mala gana. Le cogí el billetero, conté el dinero, sólo le dejé dos mil francos de los antiguos. Con eso no iría muy lejos.

—Toma, Cora, tienes de sobra. Mañana por la mañana veremos.

Me miró con una adoración respetuosa que no me creía capaz de despertar en semejantes circunstancias. Luego salió de la cafetería, como drogada, y giró a la izquierda en el bulevar de Clichy. Andaba como una autómata, con la cabeza embriagada por aquel amor recién estrenado.

La alondra se había precipitado hacia el espejo sin ver la red escondida detrás. ¿Sabría soltarse? ¿Querría hacerlo? Dada la situación, cada detalle podía ser de vital importancia. Porque era esencial que no quisiera…

Tenerla cogida siempre, a la vez que se le daba una impresión de libertad, ésa era la clave. Lo había entendido muy de prisa, y creo que ella también se había dado cuenta, aunque no sabía hasta dónde conduciría todo aquello.

Pagué las consumiciones y me dirigí despacio hacia la plaza de Clichy. Pegado al pecho, el sobre de Cora me quemaba la sangre.

Cené en el *Louis XIV*, y ligué allí con una vieja forrada de diamantes que contestó a mis insistentes miradas con una sonrisa cómplice; se reunió conmigo en los servicios del restaurante, aceptó una cita al día siguiente, por la tarde, en el *George V*.

Orgullosa de mi éxito, me dirigí con paso ligero hacia el barrio de Ópera, aterricé en el *Monocle*, y me bebí una botella de Cristal Roederer en compañía de una puta bastante patética.

Le escuché sus historias melodramáticas donde se mezclaban los niños con el ama de cría y la abuela paralítica. Nunca he entendido el placer que sienten esas pobres chicas al contar todas sus miserias al primero que pasa.

La invité a bailar una rumba de lo más solemne, y mi forma de bailar, a la antigua, la dejó completamente descolocada. Era estirada, engreída, y tenían que dolerle mucho los pies con aquellos zapatos claramente pensados para unos pies masculinos. Se le meneaba la pajarita todo el rato, dejando ver una goma de un color gris bastante sórdido. En cuanto al cuello de la camisa, seguro que había conocido tiempos mejores. Aparte de eso, del sello en oro contrastado y la esclava en chapado, su físico no llamaba mucho la atención, de edad indefinida, y desapasionada. Se veía que iba a envejecer allí, a resguardo del mundo, entre las pinturas deslavadas y los bum-bum lancinantes del inevitable Mathó.

Cuando vi que ya eran las cuatro en mi reloj, me despedí y pagué la enorme cuenta con que me gratificaron. Nunca he visto otro lugar tan desueto, tan repugnante, ni tan caro.

Llegué a la plaza Blanche a la hora convenida, y la vi enseguida, medio tirada encima de la barra, en brazos de un alemán coloradote que la forzaba a beber una mezcla horrible de cerveza y coñac, como para reventar inmediatamente.

Tuve que acodarme a la barra muy cerca de Cora para que se fijara en mi presencia. Estaba borracha como una cuba. Las piernas ya no la sostenían, y el alemán, gordo cerdo sudoroso de manos enormes y velludas, se aprovechaba con toda desfachatez. De hecho, él también estaba borrachísimo y oscilaba peligrosamente, amenazando con caerse de un momento a otro.

Eso me salvó. El camarero me miró, se dio cuenta de que quería llevarme a casa a la niña, y le entregó la cuenta al cliente. Cora había acabado por reconocerme, pero se reía tontamente, agarrada a la barra. Me acerqué, le cogí el bolso y la aferré con mano firme. Se puso a gritar que quería quedarse, que pasaba de todo, que lo único que quería era reventar, etc.

El alemán se fijó por fin en mí, entendió inmediatamente que quería robarle la presa, y se interpuso entre nosotras. Le di un golpe en plena cara con la empuñadura del bastón. La sangre le salpicó la camisa caqui. Gritó de dolor y buscó un pañuelo. Cuando Cora vio la sangre, se asustó y quiso huir. Le tendí el brazo, al que se asió sin ganas, pero lo esencial es que se enganchó a mí. Los clientes habituales se habían quedado contemplando el espectáculo, siempre apreciado en el barrio.

Empujé a Cora para que saliera delante de mí, y la seguí, andando hacia atrás, mientras blandía el bastón como un trofeo. El alemán, alelado, chorreaba sangre en el pañuelo empapado.

Cora, completamente aturdida, pretendía comprar marisco para subirlo a casa. Le prometí que bajaría luego a encargarlo, y se calmó.

Tuve que llevarla prácticamente en brazos hasta la puerta del apartamento. Por una vez, aprecié el ascensor.

Se había apoderado de mí una rabia fría, y en cuanto la eché en la cama, la molí a palos. Le pegué calculadamente, con la palma de la mano abierta, por todo el cuerpo menos en la cara. No quería estropear mi sustento, y más poderoso que la rabia, imperaba el interés.

Se dejó pegar entre gemidos, luego se puso de rodillas, estrechándome las piernas con sus brazos tumefactos. Como un animal arrepentido, me pidió perdón. No hay nada mejor que una buena paliza para que se le pase la borrachera a uno, lo sabía desde hacía tiempo.

Entonces, mis manos hinchadas de rabia se calmaron, y dejaron de golpear para mostrar nuevamente a la esclava la voluptuosidad de unas caricias demasiado diestras. La poseí salvajemente, y se retorció de placer como acababa de retorcerse de dolor.

Fue su última noche libre.

Dedicamos el día siguiente a las compras. Le había cogido del bolso treinta mil francos salvados de milagro después de aquella cogorza memorable. No era nada del otro mundo, pero seguro que la pequeña había sudado para ganarlos, y se lo agradecí.

Bajé pronto, antes de que se despertara. Había tenido un sueño muy pesado, nauseabundo; y, sin reprochárselo, decidí no traerla nunca más en tales condiciones. Además, cuanto menos se nos viera juntas, mejor. Por el momento no era más que una buscona, o una «azafata» si se prefiere, pero yo quería hacer de ella mucho más. En cuanto amasara el dinero necesario, le compraría un pequeño deportivo, estilo 'aquí estoy yo', que convenía perfectamente al tipo de trabajo que le tenía reservado.

Sabía que empezarían las redadas y los controles. No podía mostrarme con Cora, y decidí que viniera a casa una vez por semana. Sin por ello renunciar a esperarla cada mañana. Todavía era muy vulnerable y podía gastarse la recaudación diaria alegremente si no se sentía controlada.

Compré un litro de leche, dos croissants, y volví a prepararle el desayuno. Curiosamente, esas tareas nunca me han molestado: siempre me ha encantado cocinar y servirle la comida a una mujer.

Cuando llegué a la habitación con el tazón humeante, Cora se había encendido un cigarrillo y el olor me dio arcadas. Dejé la bandeja en la cama, le arranqué de las manos aquel horrible Gauloise sin filtro, se lo apagué con rabia y rompí el paquete ya empezado.

Yo que había fumado negro durante mis tres años de medicina, no aguantaba nada que pudiera afectar a mi transformación.

—A partir de hoy fumas tabaco inglés.

—Pero, ¡es que me gustan tanto los Gauloises!

—Me da igual, eso no tiene nada que ver. Además, esperarás hasta después de comer. No hay nada más lamentable que fumar en cuanto se abre el ojo. Si pasas la noche con un buen cliente, evita esa vulgaridad.

—Nunca me ocurre una cosa así. Los clientes que pagan por acostarse toda una noche, no es conmigo.

—Pronto te ocurrirá, cuando aprendas a apuntar más alto. Venga, desayuna tranquila, yo voy a darme una ducha.

Se sentó, apoyada en la almohada que le coloqué detrás de sus encantadores riñones.

—¡Gracias, Gigolá!

Cuando salí del cuarto de baño, la cama estaba vacía. Cora estaba lavando los platos, en silencio, sin abrir la boca. Me gustaba así, y lo entendió. El deseo me hinchó las venas, y me acerqué a ella. Suavemente le acaricié la nuca subiendo despacio por detrás de las orejas. Se defendió sin fuerzas, mientras seguía lavando platos. Tenía el hombro descubierto iluminado por una luz azul soberbia. La besé sin pasión. Se dejó desnudar, y vi que tenía marcas por todas partes. Se apoderó de mí una necesidad de posesión; me arrodillé ante su cuerpo dolorido. Tuvo una náusea, pero la tenía sujeta, pegué mi boca a la suya, y ella aceptó el beso. Mientras le separaba dulcemente los muslos, le acariciaba por detrás los hoyuelos de los riñones. Cuando sentí que estaba a punto de correrse, me levanté.

—Acaba con los platos.

—Pero...

—Termina con los platos y vístete. Nos vamos de tiendas.

—Oye, cariño, no soy ninguna perra.

—Sí eres una perra. Eres una hembra perfecta, y me gustas así. Te quiero esclava, sumisa y triste. Tendrás que acostumbrarte.

—¿Pero por qué te has parado justo en el mejor momento?

—Porque es mi voluntad, Cora. Harás el amor cuando yo quiera, eso es todo.

—Te dejaré, Gigolá. No voy a aguantarlo.

—Cuando quieras, Cora.

Mientras esperaba a que acabara de lavar la vajilla y de arreglarse, me dejé caer en el sillón, con el dedo en el electrófono. Cora no me había hablado de nada, no me había mencionado en absoluto la escena de la mañana. ¿Se sentía avergonzada, dolorida, o simplemente atemorizada? No sabía por qué se retenía pero decidí no tenerlo en cuenta.

Llegó en combinación, preguntándome qué se ponía, visto que no podía ir decentemente de compras en vestido de lamé. Le presté un jersey en pelo de camello y unos vaqueros del mismo color, que le puse yo misma. Estaba guapa. Parecía un grumete con melena. Por desgracia no me excitaba así, y estaba decidida a hacer de ella una mujer sexy, al precio que fuera.

Bajamos cogidas de la mano. Había hecho el inventario de su bolso antes de salir. Un simple pestañeo me dio a entender que lo aceptaba. Que le costaba, pero que lo aceptaba.

Un taxi nos llevó al distrito 16, cuna de mis amores tumultuosos con Sybil. Cuántas tardes pasadas tras las cortinas de los probadores, sin cansarme de mirar a aquella mujer siempre diferente y siempre maravillosa. Sybil se ponía trajes pantalón o vestidos de noche en crespón, siempre ajustadísimos, que le quedaban divinamente. Yo me limitaba a juzgar de lejos, incansable, corrigiendo un pliegue desafortunado, o un doble de pantalón demasiado ancho. Así aprendí a amar el lujo y el gusto por el dinero que lo procuraba.

Le dije al taxista que parara en la calle de Passy, delante de *Franck et Fils*. Entre Franck y Hermès, el dinero de Cora se fundiría rapidísimamente, y limité las necesidades al mínimo. Necesitaba un vestido de trabajo, un vestido de tarde, y un conjunto de pantalón para la noche. Franck proponía trajes magníficos que hacían destacar las formas delgadas de Cora.

Dos pares de zapatos, dos bolsos y ya habíamos dado un paso de gigante hacia la elegancia. En cuanto a la ropa interior, la quería sobria, del color de su carne.

Pasamos mucho tiempo probándole y marcando los retoques inevitables de los pantalones. Cogimos dos vestidos, uno en cachemira color oro viejo, y el otro largo, azul noche profunda, abierto por los costados, desvelando las piernas hasta la mitad del muslo. Unos galones de pedrería realzaban el escote.

Cora no se atrevía a moverse, paralizada por el lujo de los salones y el precio de cada artículo. En cuanto abría la boca, le cortaba la palabra, por miedo a sus reflexiones. Impersonales, de vuelta de todo, las vendedoras seguían divirtiéndome. Sus comentarios eran de esos que valen para todas las ocasiones, seguro que proferían los mismos veredictos, las mismas opiniones, ante cada clienta. En general, la cosa funcionaba a la perfección, y es que la vulnerabilidad de la mujer que se viste es grande.

Pagué despreocupadamente mientras empaquetaban los artículos. Elegí la ropa interior y los zapatos en la planta baja, sin olvidar los guantes, que hubo de probarse Cora trabajosamente, pues nunca antes había llevado, salvo en invierno, y solamente para protegerse del frío.

Felizmente el final del otoño era clemente, pues prefería una chaqueta corta de piel para dar calor al vestido de noche.

En Hermès me compré tres camisas de seda color marfil y unas botas de equitación, a la espera del famoso conjunto que iba a encargar al día siguiente en Paul-Antoine, un sastre de artistas al que conocía personalmente. Su notoria homosexualidad le atraía una clientela muy especial, pero de una elegancia indiscutible. Era uno de los pocos sastres de París que conjuntaba el forro del sombrero con el del abrigo. En cuanto a las dos capas que había creado literalmente sobre mí, guardaba yo de ellas un recuerdo inolvidable.

—Gigolá, todo esto es demasiado caro, demasiado bonito... demasiado...

—No, Cora, nada es demasiado bello. Ya verás, no vas a arrepentirte. Es más, el lujo se convertirá en una necesidad para ti, como comer y beber.

—¿Por qué haces todo esto por mí?

—Pues porque te quiero, querida. Supongo...

La ironía del tono no se le escapó, pero supo ocultarlo. Quizá pensase que había una pequeña parcela de verdad —y aquella parcela, por ínfima que fuera, le bastaba para colmarla.

La acompañé hasta la plaza Blanche, le dejé las compras, envueltas en paquetes de aquel gris elegante que adoraba, y subí a casa a cambiarme.

La cita en el *George V* me dejaba poco tiempo libre, y había resuelto no descuidar ninguna posibilidad que me surgiera.

Llegué al *George V* en medio de un chaparrón. En cuanto se detuvo el taxi, lo cogieron al asalto casi sin dejarme salir.

Estrenaba mi primera camisa de seda desde hacía años. Las botas de montar me sentaban de maravilla, virilizando aún más una forma de caminar ya de por sí muy estudiada. Exhibía mi mejor pantalón de terciopelo liso, verde botella, a juego con mis ojos y los de la pitón que nunca me abandonaba. Me había puesto un poco de crema *sport* de Guerlain. Aparte de eso, ningún maquillaje, salvo el ligero trazo verde para acentuar el brillo de la mirada. Cortado a maquinilla, mi pelo parecía un casco muy ajustado, que capturaba el sol y todas las luces.

Me sentía atractiva, segura de mí misma, y las lunas de los escaparates me devolvían una imagen que me parecía fascinante.

Narcisista y consciente de serlo, siempre he tenido de mí misma una gran opinión, y quienes se acercan a mí y no son rechazados, deben considerarse unos elegidos.

¿Cuántos individuos no se atreven a valorarse y proclaman hipócritamente su insignificancia? Yo sí me atrevo a proclamar mi superioridad, algo que aparta a los demás de uno mismo más que la peor de las enfermedades contagiosas.

Se ve uno diferente, genial. Pero ya se sabe cuál es el precio: la soledad. La gente normal funciona en grupo: ríen, se divierten juntos, se reconocen y se defienden entre sí.

El artista, más que ningún otro hombre, anda solo, y su gigantesca sombra atemoriza a los más bragados. Pero, ¿era yo una artista?

Andaba en esas reflexiones, cuando vi un Rolls blanco detenerse delante del café. Se bajó el chófer con un enorme paraguas en la mano y fue corriendo a abrir la portezuela trasera. No daba crédito a lo que veían mis ojos. La realidad superaba la ficción. Nunca habría creído tener tanta suerte. La señora se bajó, regia, saltando los charcos con una gracia inesperada. Finalmente ni la había mirado la víspera, únicamente atraída por el diamante y los múltiples brillantes que adornaban su piel desnuda.

Dudó un instante ante la puerta y me dio miedo que no me reconociera. A pesar de ello, permanecí inmóvil, contentándome con mirarla fijamente.

El chófer le tendió unos impertinentes, que se puso con una impaciencia que me complació.

Con mirada autoritaria barrió la sala, y habló un instante a su chófer, todo un hombretón, que sostenía el bolso en una mano y en la otra el paraguas chorreante. Fue él quien se acercó a mí, lo cual me pareció muy excitante.

—Perdón, señorita, ¿es usted quien tiene una cita con la señora?

Un fuerte acento eslavo le confería encanto y dignidad.

—Sí, señor, soy yo.

Se inclinó un segundo, y se volvió hacia su señora. Sosteniéndola de manera galante, la trajo hasta mí. Ella hizo gala de inmediato de una verborrea asombrosa:

—Perdone, querida, si no la he reconocido, pero ayer el *Louis XIV* estaba muy oscuro. Les he aconsejado que suban la intensidad de la iluminación, pero ya se sabe, la luz tamizada... ¡Sólo gusta la luz tamizada! Iván, venga a buscarme dentro de una hora para que le dé las órdenes pertinentes. Mientras, voy a degustar un té con limón y una tarta de cerezas... ¡la hacen tan buena, aquí!

Iván chasqueó los zapatos y se dio media vuelta

hacia la hermosísima máquina que relucía bajo la lluvia. Divertida por tanta prolijidad le propuse que se quitara el abrigo, lo que aceptó ella, melindrosa. Me levanté, la ayudé a deshacerse del abrigo, y reclamé el guardarropa. Mi vieja beldad me miró de arriba abajo, sin discreción ninguna, hasta detenerse en el bastón, que le pareció muy original.

Pedí dos tés con limón y unos pasteles. No quería escandalizarla tomando alcohol tan pronto, además, no tenía ganas.

—¿Cómo te llaman, pajecillo?

—Me llaman Gigolá.

Se echó a reír, mostrando una fila de dientes demasiado perfectos para ser auténticos.

—¡Gigolá! ¡Todo un programa! ¿No tiene otro nombre?

—No.

—La llamaré Gigi, es más tierno.

Asentí con la cabeza.

¿Por qué no Gigi? ¡Qué importa el nombre con tal de que se obtenga el cheque!

Se llamaba Odette, viejo nombre con olor a mermelada de grosella que le iba de maravilla. Como soy buena comedianta, me quedé extasiada con el nombre. Tenía sesenta y cinco años. Viuda de un rico arquitecto que había sido lo bastante inteligente como para morir rápidamente dejándole una fortuna importante, que intentaba gestionar con circunspección.

Sus anillos lanzaban unos destellos insostenibles, y sospeché que amplificaba algunos de sus gestos para hacerlos resplandecer aún más.

Todo en ella olía a lujo y a una riqueza abrumadora. Desde la raíz del pelo, de un color platino impecable, hasta la punta de los escarpines, todo rezumaba el triunfo de su cuenta bancaria.

Habría apostado a que adivinaba la marca del vestido que llevaba. Era con toda seguridad una de esas deliciosas creaciones de Balmain. El abrigo a juego me habría corroborado mi suposición, pero como una tonta olvidé mirar la etiqueta del cuello.

Shalimar de Guerlain subía en dulces efluvios para embriagarme mejor.

—¿En qué piensa, Gigolá?

—En nada, señora. Me dejo llevar por la música de su voz.

—¿Qué hace después?

—Nada, señora. Soy un ser libre que nadie tiene derecho a esperar.

—¿Tenemos derecho a desearla?

—No se puede prohibir el deseo, señora.

Sonrió, excitada.

—¿Y si le dijera lo que deseo aquí, ahora, en este mismo momento?

—Dígalo... No hay nada que pueda chocarme, y tengo los oídos abiertos a todo.

—Ya lo sé, pequeña esfinge, ya lo sé. Y por eso lo mejor es que nos vayamos a casa, Iván nos espera.

—No se moleste en buscar un pretexto, señora. Sabe tan bien como yo que no se toma el aperitivo después de un té con limón.

—Al contrario, Gigolá, el té lava el organismo y lo prepara para recibir las mezclas más fuertes y peligrosas, adecuadas a ciertas horas del día.

Sonreí y le acaricié ligeramente su mano llena de anillos. La miré fijamente, sin retirar la mano, y se calló, subyugada. Su mirada se suavizó imperceptiblemente. Entendí entonces que lo que más le gustaba del mundo eran las mujeres.

Nos quedamos así un buen rato, indiferentes al mundo exterior, hasta que la voz gutural de Iván nos sacó de nuestro ensueño.

—Si la señora tiene a bien darme sus órdenes, estoy a disposición de la señora.

—Nos vamos a casa, Iván. ¿Sigue lloviendo?
—No, señora. Ha salido el sol.
—Gigolá, ¿quiere pedir mi abrigo? Iván, pague la cuenta.

La ayudé a ponerse el abrigo, del mismo color marfil que la camisa, mientras miraba de reojo el cuello. El olfato no me había engañado, Balmain era el modisto de la señora.

Todos los clientes se volvieron para vernos pasar. Me recordó la época bendita en que formaba, con Sybil, esa pareja insólita y escandalosa que sorprendía hasta a los más *snobs*.

Odette... la verdad es que no podía acostumbrarme a ese nombre.

Durante el trayecto de los Campos Elíseos a la calle Albert Ier no notamos ningún bache. No nos llegaba ningún ruido del exterior. Nadábamos en el lujo acolchado del Rolls, hacia un *home* que adivinaba muy superior a lo que pudiera imaginar.

Pensaba en Cora. Su silueta iba borrándose poco a poco para dejar paso a otra...

El piso, magnífico, ocupaba toda la sexta planta del edificio. Terraza, jardín de invierno, alfombras de piel en cada habitación. Grandes miradores que desvelaban un panorama único. París se extendía libremente, en una degradación de colores que no sabría plasmar la mejor de las paletas.

La criada se retiró discretamente, no sin antes echarme una ojeada significativa. Estaba claro que no era la primera en franquear aquella puerta. ¿Me quedaría más que las demás? Sabía que lo más difícil no era entrar, sino permanecer.

Tenía la clara impresión de estar pasando un examen sin derecho a repesca. Era entonces o nunca.

A decir verdad, temía el momento de desnudarnos y sobre todo el primer beso que me iba a resultar repugnante. Nunca he podido soportar las dentaduras postizas, y según lo que había podido entrever, seguro que enseguida iba a tener que vérmelas con una maravilla de esas. Además, al hablar se le quedaba una saliva blanca y espesa en la comisura de los labios, lo que también había contribuido a echarme para atrás.

No sabía cuál sería el precio de mis caricias pero estaba decidida a pedir una buena suma.

Ninguna marca en el mundo puede esconder los estragos de la edad y cuando se quitó el vestido, se disipó la nube.

Apareció en combinación de seda verde agua. Me esforzaba por no fijarme demasiado en ella, confiando en la penumbra que empezaba a tamizar la habitación.

—¿Quiere tomar algo, Gigolá?

—Sí, gracias, tomaré un whisky… Black and White, si tiene.

—Claro que sí, querida, tengo todo lo que quiera.

En efecto, lo tenía todo. Todo, menos lo esencial.

Me sumergí en el whisky que me había servido holgado —sin duda quería atontarme— y de golpe me sentí mejor. El corazón me latía más de prisa y un dulce calor me invadió las venas.

Me levanté del profundo sillón donde corría el riesgo de apalancarme, y fui a sentarme junto a ella.

Por el kimono medio abierto le asomaba el

pecho, y unos dragones escupían fuego a lo largo de todo su cuerpo. Sus piernas cruzadas muy arriba desvelaban unas profundidades fruncidas que no me excitaban nada. En cuanto a las chinelas plateadas, me provocaban una aversión total.

—¿No quiere ponerse a gusto, pajecillo?

—No, gracias, estoy bien así, vestida.

—Perfecto... enfúndese los guantes entonces, me encanta el ante sobre la piel.

Me coloqué los guantes, pensativa, entendiendo que éste iba a ser un examen muy especial. Aunque sólo fuera por su avanzada edad, seguro que iba a costarle alcanzar el séptimo cielo. Y en tal caso, no sabía qué trampolín escoger.

Mis botas crujían a cada paso, confiriéndome un aire marcial que debería haberme proporcionado cierta seguridad.

Cuando me acerqué a ella, me desabrochó la camisa y pareció sorprenderle que no llevara sujetador. Mis tetas libres se resistieron bajo una mano que no aceptaban. Sin duda lo comprendió, porque retiró aquellos dedos cortos de uñas color granate que me parecieron odiosas.

Me lancé sobre ella como quien se tira al agua. Sin un gemido me engulló, y no tuve que forzar ninguna barrera. Abrió la boca y me tropecé inmediatamente con la dentadura. Aunque me lo esperaba, la sensación fue horrible, y tuve que pensar en todo el dinero de aquella vieja histérica para seguir con aquello. Cuando su lengua viscosa se enrolló alrededor de la mía, entendí que tenía que beberme otros dos whiskys más antes de continuar. Sus ojos muy abiertos me miraban sin pestañear; estaba atenta al menor de mis fallos.

—Odette, me tomaría otro whisky.

—Por supuesto, Gigolá, cariño. Voy a servirte uno doble… así no tendrás que volver a pedir.

Se levantó, soberbia, en medio de un despliegue de seda roja y oro que escondía mal sus varices. Bebí el líquido amarillo sin hielo, sequísimo.

Me observó durante mucho tiempo, y se sentó en mis rodillas. Me echó la cabeza hacia atrás y vino a lamer la gota de whisky que se había quedado en la comisura de mis labios. Estaba ya a punto de dudar de las posibilidades de mi vigor, cuando todo se enderezó.

A riesgo de desgarrar su precioso kimono, me puse a desnudarla. Y cuando la combinación yacía ya como una pelota de seda sobre la alfombra, seguí arrancándole la ropa interior.

Una vez desnuda en mis brazos, gimió como una niña pequeña. Sus tetas demasiado alargadas colgaban tristemente, las estrías de su tripa dibujaban una piel de cebra sobre su piel ajada, los michelines caían sobre las caderas. Masajeé todo aquello sin saber muy bien qué parte iba a vibrar más que las demás.

Se dejó caer suavemente hasta la alfombra de piel, presa de una de esas danzas eróticas que rara vez bailan las mujeres civilizadas. Como a Antea, el suelo pareció darle un nuevo vigor, y sus nalgas se levantaban siguiendo una cadencia que parecía llamar al macho. Sus tetas se balanceaban de derecha a izquierda, al mismo ritmo, como en una zarabanda infernal. Con los ojos por fin cerrados, se puso a murmurar unas palabras inconexas mientras se retorcía las manos.

Me dejé caer a su lado, y le di la vuelta bruscamente. Su culo, todo arrugado, me resultó odioso, pero era un culo de rica, así que inigualable. Olvidé las estrías y la celulitis y sólo vi el satén del dinero.

Agradecida, gemía y se tensaba como un arco abovedado, apoyada en codos y rodillas, mostrándome el desolador espectáculo de sus nalgas como pasas. Como una exhalación, entendí lo que deseaba, y le propiné un par de cachetes magistrales.

Dijo, entre gimoteos:

—El bastón... coge el bastón...

Lo cogí en un instante y volví a recuperar el ritmo, variando la intensidad de los azotes. Primero le pegué suavemente, luego más fuerte, sin preocuparme por sus quejidos, hasta hacerle sangre.

Una vez bien sacudidas aquellas nalgas viciosas, me quité el guante derecho y empecé a masturbarla por debajo. Estaba toda inflamada, tenía un clítoris enorme, y los labios hinchados de sangre. Pero la sequedad extrema de aquel coño viejo me sorprendió.

Imposible poseerla así. Le di la vuelta sin avisar, golpeándola bruscamente contra el suelo.

—¡Ah, tómame... tómame!

No llevaba nada con qué penetrarla y aquella vagina distendida parecía un antro maléfico.

La mano no habría bastado. Entonces se me ocurrió coger de nuevo el bastón. Humedecí la empuñadura, untando con saliva la ya célebre pitón, y la introduje entera en aquel sexo abierto de par en par.

Se puso a gritar, quiso retirar el objeto, pero

le mordisqueé los pezones y se relajó, se abrió más aún y aceptó la posesión. Era exactamente el tamaño que le convenía, y le acaricié el clítoris mientras imprimía al consolador improvisado un movimiento irresistible de berbiquí.

Desapareció la empuñadura entera, tragada por aquel bajo vientre de una exigencia inaudita. Odette se retorcía babeando como una perra en celo, con los ojos en blanco. Daba miedo.

Mi vientre estaba frío como un iceberg, y me notaba la muñeca tan cargada que empezaba a molestarme. Ya me habían cansado el brazo los azotes, porque pegar sin ira agota enseguida. Igual que hacer el amor a alguien sin desearlo —más aún, despreciándolo— agota al organismo más rodado.

Como el espasmo final tardaba en llegar, aceleré el ritmo, guardando la misma intensidad. Cuando por fin se corrió como un animal, con la boca toda abierta, yo ya no sentía el brazo. Pero sí sentí perfectamente la meada con la que inundó mi bastón, reflejo habitual de una vieja enamorada.

Estaba empapada en sudor frío, y no se movía, hundida en la piel de la alfombra, con la empuñadura del bastón aún incrustada en la vagina.

Se lo saqué con cuidado, separándole los labios

con los dedos. Dio un brinco al sentirlo en el paso más delicado, para caer inmediatamente después en un estado semejante al síncope.

Sequé el bastón pegajoso hasta la mitad, lo dejé en la alfombra a la espera de una meticulosa limpieza, y me acerqué a Odette. Me dio miedo al verla tan pálida y con unas ojeras tremendas. Le levanté la cabeza. No reaccionó, anestesiada por el enorme placer que acababa de sentir. Tenía el pulso rápido e irregular.

—¿Quiere algo? ¿Qué toma en estos casos?

Acabó por abrir los ojos, me sonrió con cara de estar colmada, y dijo que no con la cabeza. La apoyé delicadamente en los dos cojines, la cubrí con el kimono y fui a enjuagar la empuñadura del bastón al cuarto de baño.

Necesitaba limpiar cuanto antes hasta el menor repliegue de mi pitón, que por suerte no había perdido ninguno de sus ojos en tan escabrosa expedición.

Después de frotarlo minuciosamente, lo lavé con abundante agua tibia y lo sequé escrupulosamente.

Cuando volví al salón, Odette se estaba fumando un cigarrillo cuyo aroma no me engañó. Desde luego, a aquella pobre mujer no le quedaba mucho si seguía a semejante ritmo. Conocía bien esa rabia destructiva, pero ¿cuáles podían ser las razones en una mujer de esa edad y tan rica?

—¿Quieres un cigarrillo, amor?

—No, gracias, de esos no.

—¡Ah! ¿Sabes lo que es? ¡Lo sabes todo, pequeña esfinge! ¡No se te puede enseñar nada!

Me senté junto a ella y la estreché en mis brazos. Miraba aquel pecho arrugado y esos labios amargos que aspiraban el humo con triste voluptuosidad. Me miró lánguidamente y se acopló a mi brazo.

—Amor, eres maravillosa, ¿lo sabías? ¡Nunca te habría creído capaz de tal maestría, cariño! ¡Vales como dos hombres!

Su apreciación me halagó, y ella se dio cuenta.

—Eres orgullosa, ¿verdad? Sabes lo que vales, tesoro, y juegas con ello. Por cierto, ¿qué quiere mi Gigolá por esta obra de arte?

—No entiendo.

—Claro que entiendes. No te preocupes, conozco bien el valor de la vida. Ya no me queda mucho tiempo. Demasiados abusos. Ya ves, encendí la mecha de la vela por ambos extremos...

—¿Por qué te destruyes así?

De repente quise tutearla, yo también, y no pareció molestarle. Al contrario, se arrimó más a mí.

—¿Por qué? ¡Oh!, son historias muy largas sin el menor interés para ti. Tú estás hecha para el amor, nada más. Eres un animal erótico. No destruyas nunca ese don, explótalo al máximo. ¡Si supieras lo que vale!

—Lo sé, Odette.

—Me gusta escuchar mi nombre de tu boca. Suena más dulce.

Se levantó, con una mueca de dolor, y se dirigió hacia el cuarto de baño. Oí cómo corría el agua y la imaginé a horcajadas, en el bidé. La imagen me hizo sonreír, a mi pesar.

La noche había caído por completo ya, y empezaba a sentir mucha hambre.

—¿Qué, Gigi, te apetece cenar conmigo?

—No, gracias, Odette.

—¿Por qué, amor mío? Cenaremos aquí como una parejita de enamorados. Paquita encendería las velas, beberíamos champán, y luego te quedarías o te marcharías, como prefirieras. Tengo tres habitaciones de invitados, elegirías la que más te gustase.

—No, Odette. Necesito aire y libertad, no puedes entenderlo.

—Claro que lo entiendo. ¿Cuándo volverás? Quiero verte otra vez. ¿Tienes teléfono?

—Puedes localizarme en *Chez Moune*: PIG 39-45.

—Espera, lo apunto. Eso, mejor, apúntamelo tú, eres un cielo... ¿Cuándo puedo llamarte?

—Podrás dejarme un mensaje desde las once de la noche hasta el amanecer.

Sonrió, felina, con la mirada brumosa debido a esa guarrada que seguía fumando sin parar.

—Buenas noches, Odette. Mejor dicho, buenos días.

Le besé la mano, a la antigua, después de una orgía erótica semejante, y ella me levantó la frente.

—¿No irás a marcharte así, verdad?

—No te entiendo...

—Vamos... ¿un pequeño cheque no te gustaría?... ¿Verdad que sí?... ¿Hay algo que quieras en especial?

Se dirigió hacia un secreter de marquetería dispuesto cerca del mirador y encendió dos lámparas estilo Regencia con pantallas color rosa. Se sentó pesadamente y se colocó en la nariz unas gafas engarzadas de brillantes.

—¿Te apetecería un coche? ¿Un cabriolé sport? Tengo un Lotus verde en el garaje. ¡Un coche de gigoló!

—¿Me lo venderías de segunda mano?

Soltó una desafortunada carcajada.

—No, cariño, lo compré estas vacaciones para otra chica, pero lo estrenarás tú.

—¿Qué ha pasado con la otra?

—Se fue con otra. Más joven, menos exigente... Más pobre, también, por desgracia. No todo el mundo vale para gigoló. Hay que saber conservar el equilibrio, la salud, el don, y luego aguantar a una vieja. Sí, mi vida, es duro. Hay que ser joven, fogoso, vigoroso, detentar el fuego sagrado, en suma.

—Sí, Odette, ya lo sé.

—Claro que lo sabes. Eres el prototipo del gigoló, cariño, y el descubrimiento me honra. Cuando pienso en el placer que me has dado... Hace por lo menos diez años que no sentía una cosa así. Sé lo que vale un amante así. No me hago ilusiones, pero acabarás cogiéndome algo de cariño aunque sólo sea por mi lucidez.

Había tenido razón de juzgarla inteligente. No me había decepcionado. Me incliné hacia ella y le besé el hombro. Me acarició la nuca con mano temblorosa y me dio un beso en la oreja. Olía a amor, a droga, a vicio.

Abrió un cajón del secreter y sacó dos llaves de contacto que me entregó religiosamente. Las puse en el bolsillo del pantalón sin aparentar darle mucha importancia.

—Mañana irás al garaje a esta dirección. Iván estará esperándote y te dará la documentación a tu nombre. El coche es tuyo, amor. Puedes hacer lo que quieras con él, cariño, es tuyo. Pero un coche funciona con gasolina, así que voy a hacerte además un cheque a la altura del regalo.

—Odette...

—Calla, así están las cosas. Pero te quiero para el martes que viene a cenar. No haremos el amor como hoy, es imposible. Querría otra cosa... pero ya se te ocurrirá algo a ti, ¿verdad, pequeña esfinge? Estoy convencida de que se te ocurrirá algo. Seguro que tienes imaginación para dar y vender. Tengo ganas de todo, cariño. Estoy sedienta de sensaciones distintas.

Mientras me hablaba con voz melosa, me firmaba un cheque de cinco mil francos nuevos. Puso con letra alargada y fina: «Al portador». Firmó y me lo entregó.

No se me movió ni un solo músculo de la cara, y me lo metí en el bolsillo sin rechistar. Sólo pensaba en el Lotus verde y en el nuevo smoking que por fin iba a poder comprarme.

Odette se idealizaba como por milagro, y ya se me aparecía como un hada de otros tiempos.

—Vendrás todos los martes, pajecillo. No es mucho, una vez por semana, ¿no?

Moví la cabeza en señal de asentimiento.

Llamó e inmediatamente apareció la criada. ¿Escuchaba detrás de las puertas?

Besé por última vez la mano de mi vieja anfitriona, y seguí a Paquita que meneaba el culo ostensiblemente. Crucé todo el piso detrás de ella y empecé a ponerme nerviosa. Cuando por fin apercibí la puerta doble, se volvió tan bruscamente que casi la tiro. En la penumbra de aquel pasillo forrado de pesadas colgaduras púrpura, se me tiró al cuello y me aplastó sus carnosos labios en la boca. Sentí inmediatamente el calor sensual de su cuerpo contra el mío. Como le molestaban los zapatos de tacón de aguja, los hizo volar por los aires y se subió a mis botas para ponerse a mi altura. Su sexo vino a frotarse al mío, y sentí su pubis redondo e hinchado, su vientre plano, sus pechos endurecidos bajo el delantal blanco de su uniforme.

Fríamente, la aparté y le recoloqué el peto inmaculado.

El pánico se apoderó de sus hermosos ojos negros azulados.

—No tema, no diré nada.

Abrí la puerta yo misma, y después de mirar una última vez a la chacha ofendida, me fui como un ladrón, bajando a toda prisa las escaleras de aquellos siete pisos con una sensación de liberación que volvería a sentir tras cada visita a Odette.

En el taxi que me llevaba del paseo Albert Ier a la plaza Blanche, fui tomando conciencia de los distintos tipos de esclavitud a los que iba a verme sometida a causa de mi relación con Odette. Incluso perfectamente remuneradas, hay ciertas aventuras a las que uno duda lanzarse.

Evidentemente, el cheque era consecuente. El Lotus caía del cielo. Pero sabía pertinentemente qué derechos confería tal generosidad. Nada más pagar, se puso a reclamar. Todas las mujeres eran así. Ninguna, nunca, exigía sin dar antes.

La burguesía está imbuida de su valor monetario, la aristocracia de su valor heráldico, y yo de mi valor erótico.

Odette pagaba, y cada vez pagaría más. Con ella, me sentía liberada de toda contingencia material; además encontraba instantáneamente la vida brillante que finalmente tanto había echado de menos.

Pero estaba Cora. Pobre larva inofensiva que quizá me amaba un poco como saben amar las mujeres en general: en proporción muy elevada, con el bajo vientre.

Incluso si las no iniciadas me han interesado siempre, hay que decir que una vez instruidas son peores que las otras. Lo que me desconsuela, es la masa de frígidas, incomprendidas y acomplejadas que morirán probablemente sin saber nada de estos placeres. ¡Me gustaría tanto guiar a ese rebaño de mujeres hacia los verdes prados de la felicidad sexual en todas sus formas! Encontrar para cada una la receta apropiada, para regalársela, como un presente, sin interés ninguno.

He servido a Safo como se sirve a un dios receloso, y a menudo he hecho el amor con gestos de oficiante. La auténtica *garçonne* pertenece a una raza que se pierde en la noche de los tiempos. Sin duda porque una *garçonne* sigue siendo una mujer; y actuar o pensar como un hombre es algo que una mujer, condicionada por sus hormonas y ovarios, sólo consigue en ocasiones excepcionales. Y siempre que ocurre es de la mano de ese ser excepcional capaz de minar sus cimientos y hacer que se estrellen contra el suelo.

El principito sentía por su rosa un amor proporcional al daño que le había infligido. Asimismo la verdadera *garçonne* se siente íntimamente unida al ser híbrido al que ha despojado de su ambigüedad para devolverlo a su estado natural. ¡Qué ternura surge entonces entre ambas amigas, y qué reposo anímico después de esas tempestades propias de la iniciación!

Así es como se asiste al nacimiento de parejas indisolubles, unidas más allá de toda posesión carnal. He conocido a parejas así, y cada vez que me he encontrado con una de ellas, me he sentido reconfortada.

La plaza Blanche surgió como un plató donde las luces se mantuvieran encendidas toda la noche. Las aspas del *Moulin Rouge*, tan tristes y sucias de día, giraban alegremente, encendidas como para una fiesta.

Pagué el taxi y me metí con paso ligero por la calle Fontaine.

Aquella noche tenía hambre. Una de esas hambres caninas raras en mí. A través de los ventanales del *French Cancan*, donde los martes servían un cuscús suntuoso, vi a Cora. Estaba sentada en una mesa con un hombre que me daba la espalda. El aire pesaroso de ella me intrigó. En cuanto al hombre, sólo veía sus hombros y sus gestos, amplios ambos.

Decidí entrar y me pedí una caña en la barra. Sonia, la camarera, me la sirvió con una abierta sonrisa. Sin haber frecuentado nunca ese mundo, podía diferenciar al cliente del golfo, y enseguida me di cuenta de que el interlocutor de Cora era un truhán. Un truhán aparentemente bien cotizado. De cabellera plateada, con anillo de sello y pulsera nomeolvides donde podían verse unas iniciales incrustadas de brillantes, un traje de Dormeuil rayado, manos elocuentes... todo en él olía a chulo de putas.

Mi pobre Cora parecía encogerse a cada voz del otro, y pienso que si hubiera podido fundirse con la banqueta, lo habría hecho sin dudar un segundo. Entonces me acerqué al juke-box para poner un disco.

Cora levantó por fin los ojos de gacela asustada y me vio; enseguida se ruborizó bajo la capa de maquillaje e hizo un gesto con la mano que no escapó a su compañero. No le costó nada localizar la dirección de la mano y su mirada me golpeó en plena cara. Era bella, esa mirada, dura como el acero, despiadada. Sostuve fríamente el desafío que parecía lanzarme.

Sí, aquel hombre era guapo, lo sabía perfectamente, y me veía reflejada en él como en un lago. Por el contrario, Cora se moría de miedo, y se veía a la legua.

Sin bajar la vista, escogí los discos apretando las teclas con la empuñadura del bastón, con apariencia descuidada. El cheque de Odette me galvanizaba, y pensaba en el Lotus que me esperaba al día siguiente. Había oído hablar, como todos, de la ley de aquel mundo, de los ajustes de cuentas, de la triste reputación del barrio. Y sin saber hacia dónde iba, ni lo que sucedería después, decidí atacar la primera. Lo importante era saber lo que ese tipo quería de Cora, y si había llegado a su vida después de mí. Incluso si me disparaba —me creía en pleno *far west*— debía defender a Cora.

Ésa era mi lógica de entonces, y sin duda habría sentido aprensión si hubiera conocido mejor ese mundo y sus adeptos. Pero me quedaba todo por aprender de sus leyes, así que me lancé rumbo a lo desconocido.

—Cora, ¿quieres presentarnos?

—Gigolá, te presento a Pascal... Pascal, mi amiga Gigolá.

El truhán soltó una sonora carcajada.

—Pero siéntese, vamos, Gigolá, tómese algo.

Acepté en silencio y me senté al lado de Cora, en la misma banqueta. Pascal hablaba con un acento corso cuya musicalidad me sorprendió. Bebía chupitos de pastís, de un trago, echando la cabeza hacia atrás, y, sin exagerar, llevaría ya unos veinte. Tras su camisa desabotonada se apercibía un pecho moreno y sin un pelo, evocador de las estatuas de la antigua Grecia. Con el talle bien ajustado por un cinturón de cocodrilo a juego con los zapatos, Pascal era un saco de músculos, un macho perfecto de esos que triunfan en la calle.

Mi mirada, tan fría como la suya, debió de desarmarlo, porque sonrió inmediatamente, si puede llamarse sonrisa a aquella especie de mueca que le deformó la boca.

—¿Qué toma?

—Un whisky sin hielo y con soda.

—¿Una marca en particular?

—Black and White.

Pascal se levantó para pedir, y yo quise aprovechar el momento para tranquilizar a Cora, pero ella volvió los ojos y vi como se le escapaba una lágrima por entre las pestañas con demasiado rímel.

—¡Qué, chicas! ¿No tenéis nada que contaros?

Se sentó con las piernas abiertas, en una de esas posturas conquistadoras de las que sólo los hombres poseen el secreto.

—Sylvie, ¿cenas conmigo?

El nombre de Sylvie me hizo volver brutalmente a la realidad. Esa caballerosa e insolente manera de invitar a Cora delante de mí merecía una buena lección.

—Pascal, Sylvie cenará con usted si lo desea, pero me gustaría que la invitara una vez que hayamos hablado usted y yo.

Sonrió maliciosamente, y se acomodó mejor en el sillón.

—Vamos, Gigolá, ¿y de qué quiere que hablemos?

—¿Desde cuándo conoce a Sylvie exactamente?

—¿Cuánto tiempo hace que nos conocemos, muñeca? Seis meses más o menos, ¿no es así? Eso es, seis meses. Nos conocimos al principio de la primavera. Justo el día que salí del trullo. Por cierto, ¡seis meses ya sin caer!

Tocó la parte inferior de la mesa de madera y se puso a reír pesadamente. Cora se esforzó por sonreír, y la visión de su barbilla toda temblorosa me dio nuevas fuerzas.

—¿Qué tiene con ella? ¿Una aventura? ¿Intereses?

—Oh, intereses es mucho decir... No vale mucho en este trabajo, ¿verdad, muñeca? No es una ganadora, y nunca lo será. Pero es buena chica: me sacó del apuro cuando estaba de mierda hasta arriba, y eso no se olvida. En cuanto a la aventura, bueno, podría decirse que sí. Fue la primera chavala que me tiré después de tres años de trena. Hay que haberlo vivido para saber lo que significa eso. Usted no puede entender lo que es vivir tres años como un león enjaulado en tres metros cuadrados.

Esa celda, todo... Y ni un céntimo, eh. A mí nadie me apadrinó, que conste. Nada de mamadas. Así que nada de bebidas, claro, ni nada de nada. Tenía que armar cincuenta cajas de cartón al día para tener derecho a un paquete de tabaco, otras cincuenta para un huevo... Y las mujeres, ni olerlas. Así que la manuela semanal, en la ducha... ya sabe, cuando el agua te recorre caliente la columna vertebral y... ¡Pumba! ¡Lo mejor de aquel tugurio!

Desde luego el pastís no arreglaba las cosas, pero en cuanto al folclore, no podía quejarme, y el tipo me interesaba.

—¿Ha vivido con ella?

—Claro que no... ¿Cómo decía que se llamaba usted? Ah, sí, Gigolá. ¡Ni de coña! Un hombre como yo, querida Gigolá, no se pone a vivir con una puta. ¿Está de broma o qué? ¿Para volver al trullo por proxeneta? Gracias pero prefiero robar. Cuando te agarran te sale más barato.

—¿Así que no es usted un chulo?

—¡Por supuesto que no, pequeña! Soy un ladrón, un chorizo, un mangui, como prefiera, pero un macarra, no. Primero, da más dinero, y además con éstas... ¡hace falta una paciencia!

Lo que entendí es que el mundo era el mismo,

y que aunque un chorizo no sea un chulo, sólo se la ponen dura las putas. Ya sea por decisión propia o no, ya sea por deseo o por simple interés, la mujer de un golfo no puede ser más que una mujer de la calle. Y si se enamora de una que no lo sea, nunca le dura mucho. Lo mismo que el gigoló mira sólo a las mujeres de cierta envergadura, el golfo se limita a las hembras de una sola categoría. Sin ser las mismas, digamos que ambas categorías de mujeres tienen en común la prodigalidad. Si es innato, mejor. Si no es así, ya nos las arreglamos para educarlas en consecuencia.

—¿Por qué está usted con ella esta noche?
—Nos encontramos en la calle de Douai.

Tenía razón al prohibirle aquel bar de truhanes, parecía como si lo hubiera olido.

—Así que la invité a tomar un aperitivo. Nada más.

Lo miré fijamente a los ojos. Pascal no era un hombre que pudiera tomar con Cora un aperitivo «nada más».

O venía a buscarla otra vez, o necesitaba dinero. Pero desde luego que no era por su cara bonita, ni por el gusto de hablar del pasado.

De hecho, si hubiera tenido un momento de

duda, una mirada a Cora me habría bastado para saber. Era evidente que estaba a punto de llorar, y no sabía qué actitud adoptar.

—Pascal, ¿y si mandáramos a Cora a arreglarse? Aún no se ha cambiado y va a llegar tarde. Mientras, hablaremos los dos. Estoy segura de que tenemos un montón de cosas interesantes que contarnos.

Pascal, desorientado, nos miró, primero a la una, después a la otra, y finalmente acabó por aceptar.

—Ve a vestirte, guapa, los clientes no esperan.

Cora sacó un billete de cien francos del bolso —sin duda un «extra» de esa tarde— para pagar la cuenta. Siempre con esa manía estúpida que seguro cultivaban los hombres de ese entorno.

—Déjalo, querida, eres nuestra invitada.

Dije «querida» adrede, y Pascal lo captó.

De repente me sentí mejor, había vuelto a apoderarme de la situación, y me costara lo que me costara, estaba dispuesta a conservar la primacía.

Aquella chica me tenía enganchada. Quizá porque con ella era como andar por la cuerda floja, quizá también por gusto por la aventura y sus riesgos.

Cada vez más aterrorizada por el tono de mi

voz y la palidez del truhán, la pobre desdichada se apresuró a obedecer. Se veía que estaba deseando salir corriendo y dejar que nos arregláramos solos.

Me levanté a la vez que ella, y la ayudé a salir de la banqueta donde había ido hundiéndose progresivamente desde hacía una hora. Pascal me miraba, boquiabierto al ver como trataba a una prostituta, así que exageré los miramientos con Cora para dejarlo más confuso aún.

Se quedó sentado, como un maleducado, despidiéndola con un *chao* de chico bueno.

—¿La acompaño hasta la puerta?

Soltó una carcajada.

—Por supuesto, por supuesto, ¡qué bonito es el amor! ¡Y tan gracioso a vuestra edad!

Su inepcia me traía sin cuidado. Lo que necesitaba urgentemente era hablar con Cora a solas aunque fuera un instante, era indispensable.

—¿Cora, quieres quedarte con ese tipo?

—¡Oh, no, cariño! Sabes que no. Te juro que no tengo nada con él.

—Estos tíos, cuando tienes una aventura con ellos, pasas a ser de su propiedad, durante mucho tiempo... pero no puedo explicarte eso ahora, dime, rápido, él o yo, elige.

—¡Tú, por supuesto!

—Ve a cambiarte y piénsalo bien. Vuelve aquí con cualquier pretexto. Si quieres quedarte con él, ponte ese vestido rojo que odio. Si al contrario me prefieres a mí, elige el vestido azul de Chez Franck. Y ahora vete, date prisa... no tiene que vernos confabulando. ¡Venga, hasta ahora!

Cora me miró intensamente, sin una palabra, y salió disparada hecha una exhalación hacia la calle Fontaine. Volví lentamente hacia Pascal que seleccionaba discos de Maryse Nicolaï a la vez que bromeaba con Sonia. Me senté y encendí un Camel mientras lo esperaba.

—Bueno, hablemos... entre hombres, vaya.

—Puede que sí, Pascal...

—¿Amigos o enemigos?

—Dependerá de su mentalidad. Si es usted correcto, no me importan las fechorías que cometa, seré su amiga.

Silbó entre dientes.

—Sabe usted hablar muy bien, ¿eh? «Fechorías», ¡nada menos! Eso me recuerda el otro día cuando fui al círculo. Se me acercó un tipo y me dijo: «¡Señor, es usted un impertinente!». «Impertinente», ¡qué palabreja! ¡Ni que me tuvieran que mirar de lejos! Así que me dije: «¿Qué hago, le doy una hostia o me echo a reír?». Y como no quiero que me echen del círculo, porque me saco una pasta, me callé... pero sigo sin saber qué quiso decir cuando me llamó «impertinente».

No me quedó otro remedio que sonreír. El tío era gracioso, a fin de cuentas.

—Pascal, impertinente quiere decir insolente, atrevido. Se les dice más a los niños que a los hombres. Pero hizo usted muy bien sacrificando la venganza al interés.

—¡Ah! ¿A usted también le gusta la pasta?

—Sí, me gusta. Por lo que procura, naturalmente.

—Naturalmente... ¡No va a ser para meterlo en la caja de ahorros... la de la ardilla!

La verdad es que me divertía. Una pena que no pudiéramos hacernos amigos.

Miré de reojo la esquina de la calle Fontaine. Si Cora asomaba vestida de rojo, me levantaba y me largaba sin añadir una palabra más.

—Pascal, ¿por qué ha invitado a Sylvie al aperitivo? ¿Quería algo? ¿Dinero?

—Bueno, ya sabe, en el círculo no puedo hacer saltar la banca cada noche... Como llevo tres días enteros de juerga, estoy sin blanca. Me habré pulido un millón. Tiene que entenderme.

—¿Y los negocios?

—En este momento, nada de nada. Andamos detrás de un golpe, pero hay que prepararlo bien. No vayamos a cagarla, ¿entiende? Y mientras, pues eso, de algo hay que vivir.

—¿Y de mujeres cómo anda?

—Oh, tengo una vieja. Hace diez años que cargo con ella, ya me he acostumbrado. No es que sea mala, no. Trae lo que puede, pero claro, no es como Sylvie.

—Claro, por supuesto, Sylvie es joven.

—Demasiado, pero a los clientes les gustan jóvenes. Yo la presenté en el bar donde trabaja. La que regenta el negocio es amiga de mi parienta.

Hablaba mucho, con una volubilidad peligrosa. En el fondo, no me conocía. El pastís y *Les Fiancés de Sartène*, que desgranaba lánguidamente el juke-box, contribuían a ello con toda seguridad. Esbozó una sonrisa almibarada:

—¿Y usted, cómo la conoció?

—En un bar. Hablamos y nos caímos bien.

—Me extraña.

—¿Qué le extraña?

—¡Que a una chica como usted pueda caerle bien una chica como Sylvie! Que conste que me la suda, ¿eh? No me gustan las bolleras, pero usted no es como las demás... a usted la trago.

—Que le conste a usted que no se la he quitado. Hasta hoy no tenía ni idea de que existiera.

Puede que si hubiera sabido de su miserable existencia las cosas no habrían cambiado, pero él no tenía por qué saberlo.

Él quiso explicarse:

—Sylvie no es mi mujer. Es una potranca en la que me fijé un día, eso es todo. Y para la cama también ando servido, no voy salido.

—¿Ah?

—Sí, una burguesita. Una antigua periodista, ya se hace una idea.

—Cuidado con las periodistas, son peligrosas. Demasiado curiosas, y habladoras.

—Oh, no se preocupe, está convencida de que soy agente inmobiliario... y además, no sé, la señora se pone cachonda conmigo.

—¿Y de pasta cómo sale?

—Nada del otro mundo. Voy poco a poco. De momento es un ligue.

—¿Cuánto necesita para salir del atolladero?

—Unos diez mil, con eso podría salir del apuro.

—¿Y cree que Sylvie los tiene?

—Creo que tiene pasta guardada en algún lado… y si pudiera beneficiarme, pues eso que me llevo.

Vi a Cora que venía de la calle Fontaine. El corazón se me paró. Llevaba puesto el vestido de noche, algo ridícula dados el frío y la hora aún temprana; la pedrería del vestido azul centelleaba, captando las miradas. Toda derecha y valiente, caminaba sin otorgar la menor importancia a las burlas de los paseantes.

—¿Cuánto quiere, Pascal, por dejarla en paz?

—¿Por qué?

—Conteste.

—No tengo por qué cobrar una penalización. No es mi mujer, y nunca ha hecho la calle para mí.

—Querido, ¡habla usted como un chulo!

Sonrió, turbado.

—Pascal, le hablaré claro: la quiero para mí, así que ¿cuánto?

—No sé, treinta mil…

—¿Efectivo?

—Bueno, eso depende de las posibilidades... diez mil en efectivo, con eso me conformo.

Le tendí el cheque de Odette.

—Y cincuenta mil en efectivo, ¿qué opina?, quinientos mil de los antiguos francos, ¿le parece bien? Es al portador, puede cobrarlo cuando quiera.

Pascal cogió el trozo de papel con avidez, y lo miró, incrédulo.

—Desde luego no puede decirse que se piense usted las cosas dos veces. Y enhorabuena por el trabajo.

—¡Ojo, Pascal!, Sylvie se acabó para siempre.

—¡Oh!, no se preocupe, palabra de macho. Y de honor, se lo juro por la tumba de mi madre. Y a este precio, puedo encontrarle las que quiera. No es ningún mirlo blanco, la chavala. Vamos, que sus cincuenta mil francos no los vale ni de coña.

Sonreí. Estaba claro que no entendía nada. Le di la mano, de hombre a hombre, y fui a reunirme con Cora.

Ella me estaba esperando como quien espera la resurrección.

Fui a buscar el Lotus al día siguiente. La velada había sido dulce, dividida entre las lágrimas de Cora y la extrema soledad de una noche sin estrellas.

Le había contado lo que había hecho, sin decirle, claro está, a cuánto ascendía la «multa» que había pagado a Pascal por ella. No habría entendido mi súbita riqueza, y no pensaba hablarle de Odette. Sin embargo su agradecimiento y su fidelidad me conmovían y no me arrepentí ni por un momento de mi actitud.

No había obedecido a un simple impulso, sino, más sutilmente, a una imperiosa necesidad de poder.

A partir de ese momento me había adueñado de un filón, y lo sabía. Por un lado como por el otro, el dinero iba a llegar. Y por si se me hubiera ocurrido dudar de mi relación con Odette, aquella brutal vuelta a la pobreza me decidió mejor que cualquier argumento.

Tenía que seguir satisfaciendo a mi benefactora, a la vez que perseveraba en mi negocio con

Cora. Debía seguir adelante con las dos, sin pensarlo, para sacar el mejor partido de ambas. Gracias a mí, Cora acabaría siendo una prostituta de lujo, y Odette una mujer satisfecha. Ambas me aportarían muchísimo, y harían de mí el personaje con el que siempre había soñado en lo más profundo de mí: un ser frío, calculador, viril, y sobre todo de una erotomanía casi científica.

Aquella mañana no esperé a Cora. Se habría ido a su hotelucho, embutida en aquel vestido de patéticos brillos. Al verla así vestida, no la había mirado ni un segundo. Debió de tomar por inconstancia lo que no era sino indiferencia profunda. Me resultaba imposible querer a esa chica, y el hecho de que la hubiera comprado no demostraba que tuviera ningún tipo de sentimiento hacia ella.

Mis instantes de emoción eran tan intensos como vivos.

Cuando volví al barrio al volante de mi maravilloso coche, apenas eran las doce del mediodía, y las calles empezaban a animarse, pobladas casi exclusivamente por empleados de oficina, obreros y amas de casa.

La calle Lepic se agitaba en todos los sentidos, divertida y folclórica, recordando bajo la luz otoñal el estribillo de Yves Montand: *Rue Lepic, et ça grouille et ça vit dans cett' vieill' rue d'Paris.*

Aparqué delante del *Néant* guardándome con orgullo en el bolsillo la llave de contacto nueva que, bañada por los tibios rayos de sol, brillaba como una pepita de oro.

Me sentía ligera, liberada de un peso demasiado pesado.

En este estado de euforia andaba yo cuando distinguí en el bulevar a la pequeña *garçonne* del *Monocle*. Iba con un horrible chucho que llevaba atado con una cuerda, un pantalón todo retorcido, el pelo enredado y los rasgos abotagados de quien se pasa la noche bebiendo. Parecía perseguir un sueño insensato del que no había conseguido la llave.

La muchacha tenía unos andares cargados, que pretendían ser viriles, y que sólo conseguían ser poco agraciados. Con la espalda ligeramente encorvada, y una mano en el bolsillo trasero del pantalón, parecía una camionera, vulgar, ciertamente un poco sucia, pero humanamente muy interesante.

La camisa que pretendía ser escocesa había sido lavada y vuelta a lavar un montón de veces, las botas de tacones deformados le hacían pliegues en los tobillos y el conjunto revelaba una desolación difícilmente soportable.

Lo que siempre me ha sorprendido de esas falsas *garçonnes* es la obligada y curiosa rotación de hombros, símbolo para ellas de la virilidad más absoluta.

Sucio y triste, el perro, especie de fox de pelo duro («especie» porque era de la misma raza que su propietaria, es decir, ninguna) andaba lúgubremente a lo largo de los árboles del bulevar, levantando de vez en cuando una pata cansada.

Se volvió bruscamente, y me dirigió una mirada taciturna.

—Hola, ¿qué haces por aquí?

—Mi pareja vive en el barrio... así que cuando duermo en su casa, luego me quedo pasando el día.

—¿No vivís juntas?

—Imposible.

Inútil preguntar por las razones de esa imposibilidad.

—¿Cómo te va la vida desde la otra noche?

—Oh, igual que siempre, ya puedes imaginarte, rutina y más rutina.

Suspiró, y vi pasar por sus ojos un resplandor que habría preferido menos fugaz. Con el perro tranquilamente sentado sobre un rabo descarnado, la cuerda enrollada alrededor de la muñeca y el pelo de la cabeza todo tieso, parecía uno de esos pícaros de Montmartre inmortalizados por Poulbot en sus postales. Parecía tan vulnerable, tan resignada a todo que, por contraste, sentí como se afirmaba mi personalidad más aún.

—¿Quieres tomar algo?

—Te debo yo una. Fuiste muy amable al invitarme a tu mesa la otra noche. ¡Y no era porque no hubiera tías donde elegir!

¿Cómo confesarle que no había tenido elección? Allí sólo podía elegirse entre el ridículo de lo malísimo o el de lo peor.

Al menos ésta no había intentado darse a valer, ir de divina. Era una mierda, había tomado conciencia de ello de una vez por todas, y no había intentado salir de su estado. En el fondo era una forma de valor dentro de la cobardía.

—¿Quieres subir a casa? Tengo whisky, oporto, lo que quieras.

—Oh no, nada de alcohol a estas horas. ¡Aún no me he repuesto de la noche, imagina, hemos vuelto a las seis de la mañana!

—Has salido demasiado pronto.

—Sí, eso es verdad. Pero el perro estaba llorando, así que me he sacrificado.

—¿Es tuyo?

—No, de mi pareja. No lo saca. Es que ella se levanta a las seis de la tarde, se viste corriendo y al curro. Bebe mucho, come poco y duerme muy mal.

—¡Pues qué suerte tiene el perro!

—¿Y yo?

—En tu caso no es lo mismo, tú puedes dejarla si quieres, puedes salir, vivir de otra forma... Mientras que el pobre no tiene elección.

—Es verdad eso que dices... ¿Te gustan los bichos?

—Sí, en el fondo sí.

—Y los críos, naturalmente...

—Naturalmente. Son dos mundos sagrados para mí, no me meto con ellos. Bueno, qué, ¿te apetece venir a mi casa? Puedo prepararte un café bien cargado con tostadas y mantequilla.

—Eso sí que te lo acepto. A estas horas es lo mejor. He vivido tanto la noche que para mí el mediodía sabe a desayuno. Es el mundo al revés. Parece desordenado, pero está igual de ritualizado, sólo que a otras horas.

Cogí la cuerda de aquel pobre perro, se la quité

e intenté hacer que corriera. A pesar de una palmadita amigable en el trasero, ni se inmutó. Se limitó a sobresaltarse, dar un brinco a un lado y mirarme con ojos húmedos y aire de sorpresa.

Le devolví la cuerda a la chica, enrollada como una pelota.

—A ver si le compras una correa y un collar, esta cuerda es absurda.

—Se lo diré a mi amiga.

—¿Por qué, no puedes comprarle algo al perro sin su permiso?

—...

—Vamos a comprarle una correa y un collar, ¿vale?

Ella también me miró con cara de boba. Estaba precipitándome. Sin embargo, opinó afirmativamente con la cabeza y me siguió.

—Dirás que lo has comprado tú. No tienes por qué contar que nos hemos visto, querida.

—Oh, no se lo contaré. No lo entendería.

¡Y yo que seguía haciéndome ilusiones sobre la franqueza femenina!

Compré, en la calle Lepic, un collar magnífico con correa a juego, y se lo puse al perro, sin que el pobre bicho reaccionara lo más mínimo.

Llegamos a la calle Fontaine. La chica se había encerrado en un mutismo perfectamente entendible. Como se había sentido humillada, reaccionaba con el arma de los pobres: el silencio. Y eso me afectaba más que cualquier insulto.

—¿Cómo te llamas?

—Johanne.

—¿Es nombre de guerra?

—Claro... A mi madre nunca se le habría ocurrido.

Subió las escaleras conmigo, y la alfombra amortiguó el ruido de sus botas con herrajes. El perro nos seguía, lacónico y repulsivo.

Abrí la puerta y la dejé pasar. Dudó un instante, luego se decidió. Vi cómo se acentuaban su tristeza y su silencio.

—Siéntate, voy a prepararlo todo. Puedes poner los discos que quieras. Tengo clásico y moderno.

—No sabría cómo ponerlo en marcha.

Encendí el tocadiscos y dejé que fuera adaptándose.

Pronto me llegó el *Milord* de Édith Piaf desde el salón... el estribillo. La elección de un disco o un libro desvela toda una personalidad. A Johanne no podía gustarle más que Piaf, y mi otro yo popular se conmovió. La encontré sentada sobre sus talones, en una actitud de adoración que la magnificaba.

—Listo, Johanne, ya está servido.

Se levantó y eché de menos la pose precedente. Había roto un momento de encanto y me arrepentí inmediatamente. Puse la bandeja humeante en la mesita baja, y le presenté la taza y el plato de las tostadas. La mantequilla se fundía en el pan caliente, envolviéndolo todo con su aroma. El perro me seguía a todas partes, pegado a mis talones, atiborrado y por fin confiado. Sabía que no sucedería lo mismo con su ama, porque si una buena lata basta para hacer feliz a un animal, ni el mejor de los caviares contenta un corazón triste.

Sentía el sufrimiento de Johanne. Casi podía tocarlo. Por eso no quería forzarla.

Comió y bebió sin mirarme, escuchando religiosamente a Piaf. Estaba en tensión, angustiada, a disgusto.

No la retuve cuando quiso despedirse. Me dio las gracias bajito, enganchó la correa nueva en el collar del perro y se fue sin una mirada atrás, dejando en la habitación un pertinaz olor a miseria que me provocó náuseas durante un buen rato.

Me prometí que le pagaría una botella de champán en cuanto pudiera. El precio no me importaba, quería volver a ver a aquella golfilla voluble que me había contado sus desgracias —verdaderas o falsas— como si fuera una clienta a la que se quiere dar pena.

Pasaron tres meses. Llevaba al día mis dos vidas, intentando conservarlas paralelas. Mis dos mujeres ignoraban su existencia recíproca, y había intentado darles a ambas un máximo de felicidad.

Me había vuelto de humor inestable, hasta un punto casi enfermizo, y la gente que me rodeaba —rara vez por afecto sincero— no comprendía mi carácter.

A fuerza de buscar lo imprevisto, me había hecho imprevisible; a fuerza de escapar de los demás, acababa escapando de mí misma.

En resumen, estaba realmente enferma y no lo sabía. Por un lado, tenía dinero, adulación, una vida llena de comodidades, fastuosa; por otro lado, convivía con el peligro y la aventura, siempre presentes. Vivía a fondo. Eso sí, casi nunca sobria, dilapidando la salud y los billetes grandes con idéntico frenesí.

No tenía ni un céntimo ahorrado, y los cheques más exorbitantes se fundían en mis manos como la nieve al sol. Mis trajes eran ya incontables, poseía un guardarropa principesco, ocupaba varias horas al día en los salones de estética. Estaba siempre guapísima, perfumada, maquillada, con el pelo perfecto, el cuerpo liso e impecable, la piel de la cara tersa día y noche, ni una sola mancha, y manicura siempre recién hecha. Me sentía deseable, cuidada... pulida de la cabeza a los pies.

Cora, al ver esos cuidados constantes y onerosos, trabajaba más cada día, y subía constantemente las tarifas. Estaba orgullosa de mi obra: ella había dado lo mejor de sí misma, y yo sabía cómo agradecérselo.

Iba de barrio en barrio toda la noche, sin dedicarse a uno en particular. Ahora sabía dónde encontrar en cada momento al primo dispuesto a pagar. Le había enseñado a abrirse de piernas al volante, a excitar al cliente virtual allá donde se encontrase, por fugaz que fuera la posibilidad —hasta parada en un semáforo en rojo—. Eso es lo más duro para una buena puta. Entender enseguida dónde se encuentra lo mejor —lo que va a solucionarle la noche— y en caso de fracaso no insistir con la caza mayor. Saber controlar las pérdidas de una mala noche, bajar los precios si hace falta, y recuperar haciendo algún pase más.

Para asimilar la lección, Cora había dado pruebas de una buena voluntad sin par, sólo comparable a su amor por mí.

Ninguna mañana me traía menos de quinientos francos. Cuando ganaba más —a veces el doble— temblaba de orgullo, y sabía recompensarla como se merecía.

Había conservado mi apartamento de la calle Fontaine y le procuraba allí su ración de amor dos o tres veces por semana. A cada «cuenta», me preguntaba si ahorraba algo de dinero.

—Claro, querida, no hago otra cosa. Un año más y nos compraremos un hotelito en la costa.

Unas habitaciones, un bar-restaurante, ése era su sueño, sin embargo no sentía yo ni un solo remordimiento cuando veía una lágrima humedeciéndole las pestañas.

Me había hecho de una dureza implacable, cínica, impermeable a la menor emoción. Cora era un simple robot que me limitaba a engrasar periódicamente para garantizar un funcionamiento mejor. Su dinero no servía para nada, pero era inútil decírselo.

En cuanto a Odette, también ella había cumplido con lo prometido. Sus regalos eran cada vez más impresionantes y un cheque más que generoso premiaba siempre cada una de mis visitas. Llegaba siempre a las siete de la tarde, y nunca solía marcharme antes de las doce del mediodía del día siguiente. Se me había adjudicado una habitación fija, donde me retiraba encantada una vez que la señora se dormía. Tenía que cenar con ella. Esos interminables principios de velada eran lo mejor. Como todavía no había bebido ni fumado, era dulce y a veces hasta elocuente. Era su hora bendita, preludio de la lenta degradación. Pasaba entonces de una conversación animada a un embotamiento casi animal.

Me había acostumbrado a hacerle el amor después del asado. Lo que retrasaba el final de la cena a las primeras horas de la noche. Paca había entendido perfectamente el rito, y me preguntaba con los ojos después de la carne. Para aceptar semejante situación, debían de tratarla como a una reina, porque muchas de aquellas cenas acababan al alba. Y ni una sola vez tuvimos que ir a buscarla. En cuanto la llamaba yo, aparecía impecable, dispuesta a lo que fuera, maravillosamente discreta y disponible.

Nunca hice alusión a aquella primera noche donde perdió la cabeza por un instante, y sin duda aquello jugó en mi favor.

Al amanecer la oía marcharse por la escalera de servicio para subir a una de las habitaciones de los criados, bajo los tejados. A las doce de la mañana ya estaba lista de nuevo para reemplazar a la doncella que comía a las once mientras esperaba a que Odette se despertase.

Así se resumían mis horas pasadas junto a esa mujer tan inteligente como atrozmente deprimente.

A cada visita tenía que innovar, aunque la verdad es que por ligero que fuera el toque de originalidad, su necesidad permanente de novedad se veía colmada.

Aquella noche tenía que decidir el regalo de Navidad de Cora. Tras unos días de ahorro —nobleza obliga— había conseguido reunir la cantidad necesaria para comprarle un astrakán gris. Cora seguía llevando el mismo chaquetón de visón que le regalé a principios del invierno. Conocía su codicia y aunque no se atreviera a pedirme nada, pensando que hacía todos esos sacrificios para su hotelito, me di cuenta fácilmente de que de vez en cuando tenía que recompensarla de alguna manera tangible.

Había encargado el abrigo la víspera, en Révillon.

Hacía frío aquel veintitrés de diciembre —día

de mi cumpleaños—. Un frío seco y negro. Iba en coche todo lo de prisa que podía porque después de recoger el abrigo de Cora, aún tenía que ir a dejarlo en la calle Fontaine para que no se quedara en el Lotus una parte de la noche.

Odette me iba a invitar al *Olympe*, sacrificando por una vez una de sus veladas del martes consagradas a Eros. Le estaba agradecida, consciente del valor del regalo. No le gustaba salir pues, como buena hembra constantemente cachonda y rara vez satisfecha, podían surgirle unas ganas fulgurantes de hacer el amor en cualquier instante. Y en tal caso la pareja del momento debía colmar de inmediato ese deseo según lo que le dictara a ella el humor de la ocasión. Y se producía entonces una especie de fuego de artificio de los sentidos que la tenía confinada en la histeria primero, en el éxtasis después, para acabar por una infinita gratitud.

Así que en semejante contexto resultaba complicado salir a menudo. Había que estar siempre al acecho, atento al menor de esos síntomas, preparado para colmar el más fugaz de sus deseos.

Me había costado un tiempo aprender el manejo de esas armas, pero debía de estar particularmente bien dotada para ello porque lo hice rápido y bien. Me había convertido de verdad en ese tipo de gigoló veterano con el que sueña toda mujer enganchada al amor —y rica—. Gigolá...

Aparqué el coche delante de Révillon y entré a por el abrigo. La caja estaba lista, el personal estiloso como siempre, el local olía a calor y a los perfumes de la misma marca. Me habría encantado quedarme un rato más pero las horas iban pasando y Odette no debía ver la caja en el coche; además no me había vestido, eran las siete menos cuarto de la tarde y había quedado a las ocho en punto en el Drugstore de Ópera.

Justo cuando estaba pagando —en metálico— el famoso astrakán gris, sonó el timbre de la puerta y vi cómo se precipitaba todo el personal hacia allí. Tenía que ser una clienta especial, por los dulzarrones «Señooooora» con que le obsequiaba el director del establecimiento.

Giré la cabeza distraídamente y lo que vi me dejó helada. Odette, vestida ideal con un tres cuartos de visón turmalina a juego con el sombrero, los guantes y el vestido, de un azul apenas tintado, se dirigía hacia mí toda sonriente.

—Hola, cariño... ¿Qué haces aquí? ¿Compras de Navidad? ¿No será...?

—No, Odette. No es para ti. Estoy comprando un abrigo para una antigua amiga con quien volví a encontrarme hace poco.

—¿Un regalo de reencuentro, quieres decir? ¿Y no vas a comprarle cualquier cosa, verdad? ¡Menos mal que estoy yo para hacer posible tanta generosidad!

Me puse lívida ante tanta grosería, y a pesar de sus negativas me la llevé fuera. El personal, fascinado por el numerito, no se perdía ni un detalle.

—¿La señora se va?

—Sí, la señora se va. Volverá antes de que cierren, no se preocupe.

—Adiós, señorita. Hasta enseguida señora. Cerraremos cuando desee la señora.

En la acera le entró miedo. Miedo de mi cara transformada por la rabia. Miedo al escándalo, como buena burguesa que era. Miedo a todo, al frío, a la noche, al ruido.

—Escúchame bien Odette. Tu «generosidad» como dices, me la gano con creces y tú lo sabes. Si no eres tú, mañana encontraré a otra, y puede que más generosa. Entérate de que puedo satisfacer a cualquier mujer del mundo y si no retiras esas palabras infames, te dejo para siempre. Por mucho que llames por teléfono, que te arrastres cada noche para intentar encontrarme, y aunque lo consigas, no te conozco, ¿me entiendes, Odette? ¡No te co-noz-co!

Cegada por la violencia, la había agarrado por el cuello de su valiosísimo visón y tiraba tanto que iba a desgarrarlo. Sentía como temblaba de pánico, lo que multiplicaba por cien el odio que sentía hacia ella.

—Gigi, escucha... Te aseguro que no quería...

—¡No me llames Gigi! Retira las palabras de antes y pídeme perdón.

—No, eso no... Yo...

—¡Que pidas perdón, vieja guarra!

Con mano febril, rebusqué en el bolsillo de mi chaqueta de lana gris y saqué la llave de contacto del Lotus. Con la otra la mantenía bien agarrada, sin aflojar ni por un segundo. El vaho de su aliento olía a alcohol.

—Toma, te devuelvo el coche. Lo demás te lo devolveré mañana.

—Te pido perdón, cariño. No tenía que haber dicho eso.

Sorprendida por una victoria tan rápida, seguí

agarrándola. La caja que contenía el astrakán gris yacía en el suelo contra mi bota. Los transeúntes empezaban a agolparse. Para excitarlos un poco, y también porque eso me pone cachonda, atraje a Odette a mí y le di un beso de lo más contundente en plena boca. Sentí cómo jadeaba primero, para entregarse después. La mundana se rebajaba ante la perra.

—Vamos Odette, tengo el coche ahí.

Los curiosos abrieron el círculo, recogí la caja y me abrí paso en medio de un amplio murmullo de reprobación. Me daba igual la opinión de la gente. Se me había pasado el cabreo, de repente, como de costumbre, para dejar paso a un cansancio inmenso.

Se sentó junto a mí, en el coche, y me impidió poner la llave de contacto.

No te preocupes, sólo quiero buscar una calle más tranquila para no tener a esa banda de gilipollas de espectadores.

—Gigi, tengo que volver antes de la noche... Es importante.

—Cerrarán cuando les mandes. Eso es el poder del dinero. Déjame dar una vuelta y volvemos. Dentro de cinco minutos ya no habrá nadie.

Mientras nos quedemos, esos idiotas seguirán ahí esperando yo qué sé.

Me soltó la muñeca y encendió la radio. Apreté el mechero del coche y le encendí un Camel. La calefacción ronroneaba, reconfortante.

A pesar del frío, llevaba unos zapatos de salón color arena, en raso, a juego con un bolsito precioso.

Entendí mejor que nunca la fuerza del lujo, ese lujo que lo idealiza todo, adornando las peores degradaciones con su halo.

Le puse la mano en el muslo. Estaba helada, y sentí su escalofrío al tocarla. Puse la calefacción más alta y aparqué en un callecita detrás de Étoile. Los escaparates centelleaban con miles de luces, salpicando las aceras de ramilletes de lentejuelas. Todo era una fiesta, con sus verdes efluvios emanados por los abetos, con sus guirnaldas y sus paquetes de regalo.

Es terrible ese olor a alegría cuando se tiene el corazón vacío. Hasta el dinero, que tanto había deseado, era incapaz de llenarlo. Insensiblemente, iba penetrándome una nueva amargura, una necesidad de amor loco que asomaba apenas sólo para torturarme mejor.

—Gigolá, Gigolá mía, te quiero.

—¡Odette, no empieces! No me quieres. Te corres de puta madre conmigo, y me necesitas, por el momento, pero sólo físicamente. ¿Por qué mezclas siempre el corazón y el coño? No están a la misma altura.

—Gigi, te repito que te quiero. He hecho todo lo que he podido para que te des cuenta.

—Sí, pagar.

—Te lo ruego, te pido perdón, pero por favor, ten el buen gusto de no volver a recordármelo.

La cogí por el hombro y enseguida apoyó su cabeza en mi cuello. Quizá en el fondo me amaba. Es tan sutil eso que damos en llamar amor que no hay forma de saber... Como si un mismo sentimiento en dos seres diferentes pudiera escribirse de la misma manera.

Olía bien. Olía a piel cara, en perfecta armonía con la estación, la hora y la ropa escogidas. Hembra de arriba abajo, en otras circunstancias hasta habría podido yo también quererte un poquito.

—Vamos, te acompaño, Odette. Me gustaría pasar esta noche contigo sin reñir. Es mi cumpleaños, faltan dos días para Navidad y me gustaría que pasáramos un buen rato juntas.

Por toda respuesta, se apretó contra mi hombro y me cogió la mano.

—Gigi, por favor, que no cierren antes de que pase yo.

—¿Tan importante es eso de Révillon?

—Sí, importantísimo.

—¿Nos vemos luego o te espero?

—Espérame, al final ha resultado providencial este encuentro.

—¿Por qué?

—Ya lo verás.

—Bueno, bueno, no seré curiosa.

—No lo eres, no eres una mujer.

—Será por eso.

La hice feliz al sonreír, y eso distendió la atmósfera de inmediato.

—¿Qué ha sido de Iván?

—Iván se ha ido a pasar la Nochevieja a la región de Le Var, así que estoy sin chófer durante las fiestas.

—Perfecto, Odette, yo lo sustituiré.

—Ya ves, tesoro, que no puedo pasar sin ti, y lo sabes perfectamente, porque te aprovechas.

Le abrí la puerta del coche desde el interior.

—Está hoy usted muy guapa, señora.

Contestó con una risita de felicidad y voló hacia la fachada iluminada del vendedor de abrigos de piel.

Me encendí un Camel pensando en Odette. ¿Lástima? ¿Ternura? ¿Miramiento natural que se debe a todo mecenas? No sabía muy bien a qué móvil obedecía pero el resultado era patente. Finalmente, algo sí me importaba aquella mujer. Puede que más que Cora.

Y no obstante estaba dispuesta a dejarla en ese mismo momento si hacía falta. Este maldito carácter mío y sus locuras, que no se arreglaba con el tiempo.

Pasaban grupos de personas risueñas en medio del frío que les enrojecía la nariz como si fueran bombillas. Enamorados transidos, pegados el uno al otro, con el rostro perdido en el fondo de sus bufandas, niños excitados bajo los pompones de sus gorros de lana con las mejillas encendidas, los ojos febriles y las chimeneas ya cargadas de juguetes.

Aquella noche me invadió un atroz sentimiento de soledad. Igual que Fausto, había vendido mi alma a un dios caído: el Dinero.

La radio difundía en sordina el *Ave María* de

Gounod. Esa música me catapultó hasta unos años atrás, cuando iba a oír la misa de medianoche a la basílica de Saint-Denis, entre mi madre y mi abuela. Niñita de pies helados, transportada al séptimo cielo por unos inolvidables órganos que hacían estallar las inmensas cúpulas. Sí, esa basílica, cuna de mi vida religiosa infantil, cripta única con estatuas yacientes de caras extáticas y largas manos unidas en una última súplica. ¡Cuántas veces he soñado delante de sus tumbas y los pesados pliegues de sus protectores revestimientos! ¡Con qué voluptuosidad he respirado esas fragancias de incienso y velas chisporroteantes que subían por los orificios de mi nariz como si de una droga se tratara!

Nunca se olvida una atmósfera así, e incluso los años malditos de una existencia permanecen impregnados por ella. Por eso decidí ir a la misa de medianoche de aquella víspera de Navidad. No sería la única pecadora entre la masa de asistentes. ¿Dios no es ante todo Misericordia? Aunque este pensamiento, con todo reconfortante, no ayude a la oveja descarriada, sigo pensando que siempre hay posibilidad de volver al redil. Ningún lastre es definitivo y siempre se puede subir a la superficie, basta con dar un taconazo una vez en el fondo.

¡Ay! ¿Quién podrá describir el vértigo de la pendiente jabonosa por donde nos deslizamos?

Odette surgió de la puerta engalanada, que se apagó detrás de ella. Salí del coche para ayudarla y me lo agradeció con una sonrisa.

—Toma, cariño. Es bastante pesado, y sobre todo muy frágil. Intenta colocarlo en el maletero.

Por desgracia, en el maletero estaba la caja del astrakán y todo aquel que conozca la cabida del maletero de un Lotus sabe perfectamente que es imposible meter en él dos enormes cajas de Révillon.

—Siéntate, Odette, y póntelo en las rodillas.

—¡Ah, sí!, es verdad, está el otro paquete... ¿Qué le has comprado a esa chica?

—Un abrigo de astrakán gris.

—¿Bonito?

—Unas pieles de Révillon nunca pueden ser de mal gusto, querida.

—¿No tendrá una tira de cuero en la cintura?

—No, sólo piel. No quería nada de sport, sino algo para vestir.

—¿El cuello?

—Estilo uniforme de oficial.

—Entonces no es para ir muy vestida, es más bien tipo redingote, ¿no?

—Oh, escucha, Odette, no vamos a estar hablando del tema durante una hora. La chica apreciará el regalo de todas formas.

—Tiene suerte, la verdad ¿La quisiste?

—No.

—¡Ah! ¿Nada en absoluto?

—Nada en absoluto.

—Y a mí, ¿me quieres un poco?

—No, Odette, tampoco te quiero.

—No sabes amar, pequeño monstruo… es una pena, pero es así. Me consuelo diciéndome que es una discapacidad como cualquier otra.

Sí, seguro que tenía razón. Una discapacidad, eso es todo. Me había latido el corazón por una mujer —la primera— pero su muerte me había hecho sufrir tanto que me había blindado para siempre.

Quizá la coraza escondiera algún defecto. ¿Quién sabría encontrarlo? Hasta yo misma lo ignoraba. Es impensable poseer una caja fuerte y no conocer la combinación. Y sin embargo, yo persistía en creer que en el fondo, muy en el fondo, seguía poseyendo tesoros sin explotar que sin duda nunca nadie llegaría a descubrir.

—Cariño, ¿vas a salir con esa chaqueta de lana?

—Ya sé que es demasiado sport, pero es que es tan calentita.

Odette se puso melindrosa:

—Necesitarías una capa de piel.

—Mmmm... demasiado femenino.

—Depende, ¿sabes?... Hay algunas muy originales, que te irían de maravilla encima de uno de esos smokings tuyos.

—Te confieso que no se me había ocurrido.

—A mí sí.

Me quedé mirándola. Ni por un momento se me había ocurrido que esa compra importantísima en Révillon pudiera ser en mi honor. Es verdad que esa noche cumplía veinticinco años y ella no podía haberse olvidado.

—Odette, no irás a decirme...

—Pequeña esfinge, ¡cuánto te quiero cuando sacas ese gesto de despistada! ¿Sabes? Me gustaría poder hacerte una foto cuando se te pone esa cara, medio de duda, medio sonriente... ¡Ay! Sí que te quiero, pajecillo... Te quiero como una loca... ¡Cuidado, está rojo!

Frené a tiempo. La enorme caja me tenía fascinada y habría dado lo que fuera por abrirla.

—Dime qué es.

—Ya te lo he dicho, cariño, una capa. Una capa corta de leopardo. Es lo que mejor te va. ¡Ojos verdes, estrechos, felinos, voy a ofreceros el adorno ideal, vais a recuperar vuestra primitiva piel!

Declamaba con énfasis, dichosa de verme sorprendida, y disfrutando de su triunfo.

Le besé la mano. Mi dios caído, Don Dinero, había vuelto a atraparme.

Mi alma había dejado de vibrar, ahogada por una espléndida piel de leopardo que se desplegaba hasta el infinito.

Probé la capa en su casa, y confieso no haber visto nunca una piel semejante. Superaba todo el refinamiento de mis sueños más locos; y cuando sentí aquella maravilla sobre mis hombros, me pareció por un instante que estaba en el paraíso.

Odette se había empeñado en que me pusiera antes el más sedoso de mis trajes, la más marfil de mis camisas. Ella misma había hecho el nudo de mi corbata de lazo de terciopelo negro y colocado los gemelos de esmeraldas engastadas. Un clavel rojo florecía en el ojal de mi chaqueta negra, apenas ceñida, forrada de seda de tono ambarino.

El pantalón de corte recto y pliegue impecable —Paquita planchaba a las mil maravillas— caía perfecto sobre los mocasines de charol casi sin tacón, cuya parte superior aparecía adornada por una hebilla plana estilo Molière.

Podía elegir entre un par de guantes negros u otros, color blanco roto. Odette optó por los negros, más sobrios con la capa de leopardo, que por sí sola atraería todas las miradas.

Ella se extasiaba hasta el delirio, sin encontrar las palabras, atareada como alrededor de una novia.

Cuando todo terminó, se echó hacia atrás, admirativa, juntando las manos.

—Estás maravilloso, pajecillo, maravilloso... Voy a acabar por echarte en los brazos de otra, eso es lo que me va a pasar. ¡No, no te muevas! Espera, voy a llamar a Paca para que te vea así.

La cara que puso Paquita fue muy graciosa. La verdad es que la experiencia fue divertida. Su mirada, breve y ardiente, hablaba por sí sola. Al amor loco que sentía se le añadía un cruel dolor, como una resignación que sólo hubiera sido aparente. La capa era el símbolo que nos separaba a ambas.

A pesar de todo, nada podía detener aquel fuego que la devoraba, aunque se lo hubiera propuesto con todas sus fuerzas.

Odette no entendía el porqué de aquel silencio equívoco.

—La señorita Gigolá está muy bella, señora, parece salida de un cuadro.

—¿A que sí? Y aún no lleva el anillo. ¿Dónde anda el anillo a juego con los gemelos? Ya sabes...

—Sí, señora. Está en el cajoncito de la izquierda

del joyero. La señorita lo colocó allí el otro día antes de irse.

—¡Ah, es verdad, Paca... qué memoria!

Me puse el sello oval, cuya piedra central llevaba incrustados a su alrededor minúsculos brillantes.

Sí, mi mano era bonita, larga, sensible, y además esas esmeraldas de brillo incomparable la realzaban dándole una sensualidad que me encantaba.

Odette se arregló el sombrero que se le había descolocado en el fragor de la acción, y me agarró del brazo con adoración. Su dicha era casi contagiosa.

Despedí a Paca con una mirada y cogí a mi dueña y señora por la cintura. Se apretó contra mi vientre, intentando hacerse desear. Por desgracia mi sangre seguía desesperadamente fría.

A pesar de lo cual la besé, con ese arrebato artificial capaz de contentar a cualquiera. Había deslizado mis dedos por debajo de su suave abrigo y los subí por el vestido de cachemir. Todo era sedoso, suavísimo, ideal. Sentí su peso en mis brazos, pero no circulaba ni una gota de voluptuosidad por mis venas. ¿Se daría cuenta? ¿Pensaba quizá que a fuerza de regalos acabaría queriéndola? ¿Cómo saber lo que pasa dentro de una mente femenina? Es más fácil salir del más endiablado de los laberintos.

—Gracias, Odette. Es el regalo de cumpleaños más bonito de mi vida.

—Calla, cariño. Ya verás, no será el último si te quedas conmigo.

Me eché bruscamente hacia atrás. Qué manía ésa de querer guardar, conservar a un ser de por vida. Esos juramentos eternos me parecen algo típicamente femenino o sencillamente senil, una especie de seguro de vejez. Lo cierto es que con la cercanía de la muerte una mujer no cambia a mejor. Sus necesidades de exclusividad se multiplican por cien, algo insostenible para un ser libre.

—Gigi, respóndeme... ¡Dime que eres feliz conmigo! ¿Qué más quieres?, ¡dime uno solo de tus deseos que no hayas visto cumplido gracias a mí!

—Odette, hay deseos que nunca podrías conceder. Nada ni nadie podría concederlos. Y existen en el corazón de cada persona; por muy banal que sea.

—¿Cuáles, por ejemplo?

—No puedo enumerártelos, querida. Tú misma tienes momentos de depresión, de dolor.

—Sí, cuando no estás conmigo... Si estás

conmigo, si puedo verte, sentirte, soy la mujer más feliz del mundo.

—¿También cuando te hago daño, cuando soy fría?

—Sí. Incluso cuando eres injusta, vindicativa, inhumana como sólo tú eres capaz, me encuentro bien. En el fondo de mí, siento una paz interior que se esfuma en cuanto te vas por la puerta.

Paca nos abrió y nos deseó feliz noche. ¿Adónde iría esa noche? ¿Qué vida llevaba, qué amores tenía, cuál era su razón de vivir? Mi situación junto a Odette me prohibía interesarme por ella, pero la verdad es que tenía ganas. Unas ganas inofensivas, pero mi dueña y señora no las habría entendido.

—¿No quieres que cojamos un taxi, cariño? ¿No estás cansada de conducir?

¿Se acordaba del astrakán que me esperaba en el Lotus? ¿Quería hacérmelo olvidar? Nadie habría podido saberlo. Inteligente luego enigmática, Odette cultivaba escrupulosamente el misterio.

—A mi edad no me canso.

—¡Es verdad, se me olvidaba lo joven que eres! Yo moriré pronto... Y tendré que dejarlo todo.

—Todo... ¿qué?

—Tú lo primero. Eso es lo que más pena me

da. Sufro pensando en la que me sustituya, después de comprar el derecho a que la cojas del brazo.

—Odette, por favor, no hables así esta noche. Es mi cumpleaños, vamos al restaurante a escuchar música griega. ¿Sabes lo dulces que son esos instrumentos que lloran?

—En todo caso, esta noche no vamos a reírnos mucho. Tendrá que ser así.

—¿Prefieres que vayamos a otro sitio? Una mesa está hecha para reservarla y anular la reserva. No es un contrato. Si tienes ganas de reírte podemos ir a otro sitio más...

—No, cariño, no hay local donde se divierta uno... sólo hay espejos. Reflejan nuestro estado de ánimo. Si queremos reírnos, cualquier bar, un simple paquete de patatas fritas, resulta divino. Cuando es lo contrario, como en mi caso esta noche, el más alegre de los cabarets, el más caro, el más elegante, resulta incapaz de encubrir la desesperación.

—Hace un instante, te reías girando en torno a mí como un crío alrededor de un abeto. ¿Te has puesto así porque he hablado de mi edad?

—No, no es nada. Hay temas que no me gusta abordar, ya ves. Cuando llegues a mi edad lo entenderás.

—Me moriré antes, ¡seguro!

—Yo también decía eso, Gigi. Y luego ves, aquí sigo, y encantada de seguir. Cualquier cosa es preferible a la muerte. Y cuanto más se envejece, más se agarra uno a la vida. La gente dice: «A sus años debería desaparecer». Cuando esos parlanchines lleguen a esos años veremos si saben desaparecer. Al contrario, a esos años es cuando se quiere todo, porque se sabe que es el último sobresalto antes del adiós definitivo.

Arranqué bruscamente, pero sin separarme de ella. Sabía que iba a hablar, hablar y hablar hasta que vaciara la hiel que llevaba dentro. Y tenía que dejarla. La vejez es una infección que supura y hay que vaciarla de vez en cuando, como se limpia una fosa séptica.

El *Olympe* nos acogió a ritmo de los *Hijos del Pireo*, aire compuesto por el dueño del local, de ojos azules como el cielo de su tierra natal.

Las velas ardían con llama alta, favoreciendo así el cálido ambiente cuya intimidad superaba por muy poco su alegría.

Había ya mucha gente cuando llegamos, y nuestra mesa de mantel blanco esperaba a sus comensales, bajo una profusión de rosas rojas.

Ayudé a Odette a quitarse el abrigo, y luego hice lo propio con mi maravillosa capa. Todas las miradas convergieron en nuestras pieles. La responsable del guardarropa las cogió respetuosamente, y la eventualidad de un robo la tendría con toda probabilidad encerrada en aquel reducido recinto hasta que nos fuéramos.

Aunque desde luego nadie se hubiera dado a engaño, yo no sentía ningún tipo de vergüenza.

Pedimos dos hojas de viña rellenas, un kebab y ese vino griego que con toda seguridad bebían los dioses.

Había cogido la mano de Odette en la palma de la mía y se la acariciaba con el pulgar, suavemente, protectora. Sentí cómo iba relajándose, y me invadió un sentimiento de poder.

—Gigi, querría bailar esta lenta en tus brazos.

Me incliné. Aunque algo tiesas, la bailamos la una en los brazos de la otra y cuando la vi reírse de las bromas de un músico, supe que la velada estaba salvada.

Me deslizó discretamente un billete en la mano para que se lo diera al director de orquesta, cuya sonrisa blanca como la nieve destelló en medio de la penumbra.

Cuando nos fuimos del restaurante, hacía tanto frío que decidí ir a buscar el coche. Odette salió sólo cuando me oyó tocar el claxon y se sentó corriendo aterida junto a mí. Estaba roja, y sus ojos brillaban de placer.

—¿Qué quieres hacer ahora, Odette?

—Volver a casa... ¿No te apetece?

—No, la verdad es que no tengo ninguna gana de volver a casa.

—¡Eres el rey de los placeres, pajecillo! Y como es tu cumpleaños...

—¿Qué te parece si vamos a dar una vuelta por el *Monocle*?

—Hace tanto tiempo que no voy... *Chez Moune* y el *Monocle*... ¡Ahí pasé mi juventud!

Fui a toda velocidad hacia el bulevar Edgar-Quinet, rogando a la bella Safo que Johanne siguiera por allí.

Encontré un sitio justo delante del cabaret, y entramos en el templo de las *garçonnes*. El humo nos cogió la garganta inmediatamente. No se veía nada. Una chica estilo «baby-doll» se contorsionaba en plena corriente, arriesgándose a coger una neumonía cada vez que entraba alguien.

Enseguida vi a Johanne, subida a su alto taburete, siniestra como de costumbre. Cuando me vio, se encendió un cigarrillo para recomponerse.

Odette y yo nos sentamos en el borde de la pista, y pedí una botella de Cristal Roederer.

La «baby-doll» acabó por caerse y el resto vino solo. Un solo de batería tan rápido como magistral, y se hizo la oscuridad total. La muchacha reapareció al mismo tiempo que la luz, pasando por encima de sus harapos con volantes, irresistible a fuerza de ridícula. Odette no pudo aguantarse la risa, y yo me sentí inexplicablemente feliz.

—Odette, conozco a una chica aquí, una *garçonne*, ¿quieres que la invitemos?

—¿Por qué, cariño? Preferiría seguir sola contigo.

—¿Para flirtear o para hablar? Porque si es para hablar éste no es el lugar ideal, casi no podemos oírnos. En cuanto al amor, tienes tu ración asegurada, no te preocupes, querida. Esa chavala se las da de *garçonne*, le encantará cortejarte. Y además es una pobre chica, así se sacará el porcentaje de la botella. ¡Está bien saber que beneficia a alguien!

—¿Dónde está?

—Ésa de enfrente... con traje azul.

—Escucha, cariño, no veo nada, así que haz lo que quieras. Sólo espero que no sea una sucia de ésas.

—No lo es. Ya verás, resultará interesante.

Le hice una señal a Johanne, que se acercó, incrédula. Después de las presentaciones al uso, la invité a sentarse y pedí que le trajeran una copa helada. Nos miraba, fascinada por las pieles y las joyas que exhibíamos sin vergüenza. Mi smoking la subyugaba, pero confieso que no sentí ninguna sensación de triunfo. Me daba pena, esa chavala, con su trajecillo de tergal azul petróleo, demasiado ligero para la época del año, demasiado envarado sobre todo y cuyo pantalón desconocía por completo la existencia de las rodilleras.

Odette atacó de inmediato:

—¿Conoce a Gigolá desde hace tiempo? ¿Dónde la conoció?

Me miró con miedo. La tranquilicé con un guiño. No me importaba nada que Odette se enterara de mis idas y venidas al *Monocle*. En cuanto a la calle Fontaine, era poco probable que Johanne se lanzara a contar la aventura.

Me pidió permiso para sacar a bailar a Odette y a pesar de la cara de asco de ésta, le di la autorización que solicitaba. Me resultó divertido ver bailando a una pareja tan desparejada, de mujer mundana y *garçonne* de la calle.

¿Quién podía ser tan sensible como yo a tal diferencia de clases? Hay que saber encanallarse toda una noche, pero una noche nada más, y luego volver al alba al rango que le corresponde a una.

Las uñas de Johanne tenían mal aspecto, y el espectáculo de esa mano descuidada sobre el cachemir de mi dueña y señora me sumía en un abismo de ignominia.

En mi cabeza germinaba una idea nueva, indomable. Pero antes había que emborrachar a Odette para que aceptara. Aunque tuviera que pedir una segunda botella, y una tercera.

En la mesa de al lado una mujer de apariencia mejicana no paraba de mirarme, y vi que era muy guapa. La diadema de brillantes que le sujetaba el pelo era su única joya, y el vestido escotado y ajustado que llevaba dejaba asomar unos pechos palpitantes.

Tras inclinarme ante el señor mayor que la acompañaba, la estreché por la cintura, una cintura que se dejó llevar inmediatamente hasta la pista, y acerqué la mejilla a la peonía escarlata que florecía junto a su oreja.

No protestó ni un segundo, sonriente y embriagada, deslizándose entre mis dedos como una hermosa serpiente negra. Ese cuerpo caliente, frotándose contra el cuero de Rusia, me tenía profundamente turbada, cuando la desdichada voz de Odette me sacó de mi ensoñación.

—Gigi, te lo ruego, estás conmigo.

Con una sola mirada la conminé a que terminara el baile comenzado. Lo que hizo de mala gana y con la cabeza siempre vuelta hacia mí.

La mejicana había dejado de reír, entre complacida y temerosa. La acompañé junto a su hidalgo decrépito y retomé asiento junto a Odette.

—¿Qué tal, señoras, esa bossa-nova? Uno, dos, uno, dos…

La *garçonne* que hacía las funciones de *maître* sirvió dos copas de ese Cristal Roederer que tanto me gustaba; Odette bebió, echándose hacia atrás, el dorado champán. Un demonio que conocía bien se había apoderado de mí y nada podría detenerlo.

A las cuatro de la mañana, Johanne cantaba al micro unos pasodobles, marcando el ritmo con el tacón, y Odette se empeñaba en desnudarse con esa música de Saint-Saëns que evocaba desde siempre la muerte de un pobre pajarillo.

Por desgracia Odette no tenía nada que ver con el volátil y me daban pánico ciertas exhibiciones que habrían provocado seguro más de un ataque de risa en la sala.

Cuando propuse a Johanne una última copa *at home*, el aire desolado de una rubia gorda vestida de raso verde me desveló la naturaleza de sus sentimientos por la pequeña *garçonne*.

Fue al guardarropa a pedir su abrigo —un pobre abrigo de cuello desgastado, imitación pelo de camello— y nos apretujamos en el Lotus. Johanne llevaba a Odette encima de las rodillas, y buscaba ansiosamente sus labios. El jazz de la radio fue calmándose progresivamente.

Al llegar a la avenida de Albert Ier, tuve que cargar con ellas agarradas hasta el séptimo piso. Las dos se reían estúpidamente, en un estado de semiinconsciencia que pagarían muy caro al día siguiente.

Odette se dejó caer en el sofá del salón y tuve que desnudarla yo misma. Johanne aguardaba, desconcertada, el desarrollo de los acontecimientos.

—Desnúdate, Johanne, vas a hacer el amor a mi señora.

—Pero...

—Te pagará, no temas... tendrás tu cheque, me encargaré personalmente.

—¿Cuánto?

—No seas estúpida, no te lo perdonaría. El cheque será el equivalente de tres meses del *Monocle*, ¿vale así?

—¿A qué hora volveré? Precisamente ésta era la noche de mi pareja.

—Piensa primero en ti, en tu interés, para lo demás siempre hay tiempo.

Se decidió repentinamente, se quitó la chaqueta, demasiado corta, después la camisa. Tamicé las luces antes de volver a contemplarla en ese striptease improvisado. Odette empezaba a menearse, y la calmé con una mano distraída a la vez que le besaba la nuca.

Johanne estaba esplendorosa en un conjunto Petit Bateau. La camiseta, voluntariamente demasiado estrecha, le aplastaba las tetas. En cuanto a las bragas de canalé, me recordaron al internado y a las braguitas virginales de mi más tierna edad.

—Quítate todo, te quiero desnuda.

—¿Puedo lavarme?

—No, es inútil.

No replicó y obedeció escrupulosamente. Odette, que había terminado por comprender mis intenciones, empezó a gemir.

Vi aquellos dos cuerpos enlazarse, aquellas dos bocas quemadas por el alcohol reunirse en un beso demasiado largo, vi a la pequeña *garçonne* mamar los pezones de la vieja, bajar a lo largo de su vientre, buscar con su espesa lengua aquel coño ávido.

Odette pedía más, se ponía nerviosa por la lentitud de las caricias, coceando bajo aquel cuerpo demasiado pesado.

Decidí ayudar a la pequeña, y me ocupé de la boca y el culo, mientras ella parecía quedarse dormida en la ajada entrepierna.

—Gigi, a ti, te quiero a ti.

Aparté a Johanne, completamente inservible, accedí a su petición, estreché su cuerpo contra el mío en una ósmosis total, y la penetré sin más dilación. Tuvo una corrida muy prolongada, acompañada por un estertor de hembra poseída.

Mi pequeña *garçonne* ocasional contemplaba la escena babeante de placer. Le acaricié las tetas suavemente, y por fin la vi abandonar aquella máscara, ese rostro convulsionado.

Yo seguía vestida de smoking, y con la mano aún empapada por el placer de mi amante en título, proseguí con las caricias recién iniciadas, inspeccionando la intimidad más secreta de la pequeña. Se estremeció, quiso resistirse pero la inmovilicé con la fuerza de mi brazo. Se me ofreció de espaldas, empapada en sudor.

Entré en ella como un hombre, con el cuerpo inclinado sobre el suyo, y se dejó poseer en un espasmo de agradecimiento. Exploré sin prisa, atenta a sus menores reflejos. Cuando gritó de placer, no me retiré, y ella se cerró sobre mí.

Odette nos miraba, fascinada, dispuesta a volver a empezar. Las levanté a las dos y fui a refrescarme al cuarto de baño. Después cogí la capa y escapé en medio de la noche.

Necesitaba sentir el aire helado en la cara. Quité la capota del Lotus a pesar de la nieve que empezaba a caer. El Sena seguía su curso, negro como el terciopelo de mi traje.

Todo en mí se rebelaba, gruñendo como un torrente que arrancara todo a su paso. Me paré en el muelle y me puse a chillar a pleno pulmón, como un animal herido cuando siente la muerte cerca. La nieve se fundía en mi lengua, purificando mi alma.

Me desabroché la capa —símbolo de una esclavitud cada vez más pesada— y la desplegué lanzándola al aire en un gesto sublime. Voló hasta caer al río, como un inmenso pétalo, que se quedó flotando un instante para hundirse luego mejor.

Me quedé a dormir en el coche, con la cabeza apoyada en la caja de Révillon y el pelo aún blanco de los primeros copos del año.

Tras aquella velada memorable, cogí las peores anginas de mi vida y tuve que ir a casa de mi madre a que me cuidara. Las Nocheviejas quedaron anuladas, Cora me esperó en vano, y yo sin poder avisarla. Aunque el famoso astrakán gris seguía en mi posesión, ya no tenía ganas de regalárselo.

Odette debió de llamar varias veces por teléfono sin éxito. Nadie conocía la dirección de mi madre y allí me sentía totalmente segura.

La víspera de Año Nuevo, cuando estaba a punto de volver a entrar en contacto con mi círculo vital infernal, me enteré por una carta del señor Maillart, notario en Neuilly, del fallecimiento de Odette y la fabulosa herencia que me había dejado. Fiel a una ley común en nuestro mundo, me había nombrado a mí —su última pareja— legataria universal.

La invasión de nuestro planeta por una horda de bárbaros extraterrestres no me habría dado tanto miedo. Nunca me habría imaginado nada así y la cifra anunciada superaba de lejos todas mis expectativas.

Llamé inmediatamente al notario para obtener más detalles y a pesar de la fecha escogida para ese tipo de formalidad, tuve la suerte de poder localizarlo. Odette había muerto a consecuencia de una parada cardiaca. Se había ido sola, abandonada por todos, mientras dormía. La había encontrado Paca, aún tibia y antes del *rigor mortis*, con la cabeza colgando y los brazos en cruz.

La habían enterrado la víspera, en la más estricta intimidad, pues prácticamente no poseía familia, y menos aún amigos de verdad.

Aquella mujer brillante y riquísima había sido conducida a su última morada por un pequeño grupo de criados, interesados por alguna eventual donación.

El señor Maillart no entendía el porqué de tan fabulosa herencia, y sin duda nunca lo entendería. Al abrir el testamento, la familia, evidentemente perjudicada, se había apresurado a incriminar a la fallecida su vida disoluta.

Paca heredaba un millón de los antiguos francos, y no pudo disimular su alegría tras su tristeza de circunstancias. Odette había pensado en el servicio, y había dejado a su familia únicamente bienes inmuebles, además de unas cuantas viñas en la Borgoña alta.

Yo heredaba el piso, varios inmuebles, una suma aproximada de seiscientos millones de los antiguos francos, en títulos, tierras y acciones diversas. Debía esperar dos meses para poder disfrutar de todo pero el señor Maillart me abrió un crédito ilimitado en base a mi fortuna recién estrenada.

A partir del día siguiente me puse a sacar de aquel piso todo aquel lujo en exceso que no iba nada conmigo.

Conservé al personal de Odette, menos a Paca que estaba feliz con la idea de ir a instalarse a Madrid.

Después de darle el dinero necesario para su hotelito, rompí con Cora y abandoné Pigalle. Mi madre se encargó de la venta de mi apartamento, de la mudanza de mis escasos objetos personales, y no volví a aquellas calles calientes por las que tanto había merodeado.

Era rica, y podía olvidarme definitivamente de cualquier problema de tipo material. Me sentía curada, regenerada, en otro mundo.

Es increíble lo que el dinero puede transformar

a uno, al dejar de verse reducido a la esclavitud. Mientras había estado bajo el mando de Odette y a sueldo de ella, en tanto que pequeño gigoló pomposamente retribuido, el dinero acababa pesándome, como el de cualquier otro amo. Ahora que podía gozar de él con toda independencia, por fin degustaba su maravilloso sabor, como una droga autorizada desde hace poco y cuyo stock fuera inagotable.

Todo se hacía accesible. Los escaparates de lujo me fascinaban. Las agencias de viaje me hacían soñar con sus folletos de mil colores, y esa sensación única de poder comprármelo todo me embriagaba hasta el éxtasis.

La gente en masa, macilenta, ociosa o laboriosa, los hacinamientos, las calles sombrías y sus leprosas fachadas, nada de todo eso me concernía. Pertenecía a una raza diferente, privilegiada. Todos en este bajo mundo corren tras su fortuna. A partir de entonces, la lotería nacional, las apuestas, los círculos de juego, todos esos espejos hechos para que se estrellaran los pájaros contra ellos, repletos de sueños imposibles, me parecían reservados a un populacho miserable con el que yo ya no tenía felizmente nada que ver. En una semana evolucioné a un ritmo prodigioso. Los escasos momentos en que sentía la llamada lacerante del idealismo y la espiritualidad, se esfumaban como el humo, absorbidos por aquella fortuna que me caía del cielo.

No tenía ningún proyecto preciso. Sólo quería vivir lo más intensamente posible, dilapidando lo máximo posible. Le compré a mi madre la casa de sus sueños, oculta tras la hiedra y las viñas a escasos kilómetros de París.

Así transcurrió un mes sin que me aburriera un solo instante. Levitaba, nadaba en la euforia, relajada por fin y persuadida de haber encontrado mi camino.

En primavera cierto malestar, que atribuí a los nervios, turbó el nirvana en el que vivía. Sentía una fuerte angustia acompañada de sudor frío, de vértigos inexplicables, de cierta incapacidad para andar por la calle. Todos esos síntomas me empujaron hasta la consulta de una psiquiatra muy apreciada por la *crème de la crème* parisina, la doctora Alice Gründ.

La necesidad de un tratamiento médico en el que no creía, por conocer mejor que nadie la incurabilidad de mis males, me llevó hasta ella.

Entonces la vi. Todo basculó en mi alocada existencia. Había descubierto a Alice, y nada de lo que la había precedido podía seguir existiendo para mí.

SEGUNDA PARTE

Levantaos, entonces, y defendednos...
¡Reconocednos, oh, Dios,
ante el mundo entero!
¡Concedednos, a nosotros también
el derecho a existir!

RADCLYFFE HALL
El pozo de soledad

Lo que me subyugó inmediatamente fueron sus ojos, sus embrujadoras pupilas orientales de sombrío terciopelo, que parecían penetrar la intimidad de quien osara mirarla. Sus cabellos negros, artísticamente mechados de gris, enmarcaban un rostro algo duro, tallado a golpe de hacha. No era bonita, ni guapa. Era bella. De una belleza fría, que estaba pidiendo a gritos solazarse. Llevaba el pantalón con mucha clase y unos gemelos impecables completaban a la perfección el aire macho de mi nueva doctora.

Sentí el flechazo, y supe de inmediato que no pararía hasta conseguir que fuera recíproco.

Me pareció híbrida, pero no conseguí hacerle hablar de su vida privada. Sus dedos sin adornos me dieron cierta esperanza, pero una llamada telefónica imprevista me hizo aterrizar. Claramente, su interlocutor no era una relación como las demás. Y a pesar de parecer indiferente, bebía cada una de sus palabras.

Cuando vi su rostro súbitamente revestido de dulzura, sentí como si me apuñalaran.

Después colgó. Su rostro recuperó su impasibilidad, y me quedé medio sonada, desgarrada entre el deseo de postrarme ante ella y el de marcharme dando un portazo.

Entonces pareció darse cuenta de mi presencia, y se puso a escribir la receta. Eso significaba que debía marcharme, así que decidí que me metería a cualquier precio en su vida, aunque me costara el primer fracaso de mi carrera.

—Doctora, me gustaría volver a verla.

—Desde luego, señorita. Puedo recibirla la semana que viene, viernes o sábado, ¿a qué hora le vendría bien?

—No, doctora, me gustaría verla fuera de la consulta.

Sus magníficos ojos se fijaron en mí con curiosidad, y en aquel momento recé a Safo para tener la suerte de despertar su interés aunque sólo fuera un momento.

—No veo la razón de una entrevista así. Si quiere hablarme, la recibiré aquí.

—No. La invitaré a cenar la noche que prefiera.

—Lo siento, señorita, pero estoy siempre ocupadísima y no puedo aceptar su invitación.

Por primera vez en mucho tiempo se me llenaron los ojos de lágrimas. Su rechazo me hacía sufrir físicamente. La angustia me hizo un nudo en la garganta y me puse a temblar sin poder controlarme.

—Como quiera, doctora.

Miró a otro lado, y me dejó hundirme sin hacer nada. Redactó la receta con mucha calma y su letra, estirada y orgullosa, me pareció una barrera infranqueable entre ella y yo.

Me gané un tratamiento a base de tranquilizantes, acompañado de un apretón enérgico de manos. Me fui rápidamente de la consulta, presa de una angustia que me precipitó en el bar más cercano. Me bebí tres whiskys, uno tras otro. Eran las tres de la tarde y estaba decidida a beber sin parar hasta la muerte. El alcohol, una vez más, iba a cumplir con su misión autodestructiva, así que enseguida me vi con la cabeza hueca y el corazón como una metralleta, buscando bronca en los antros más miserables de la capital. Estoico, apenas molesto, Iván, el antiguo chófer de Odette que seguía a mi servicio, me esperaba desanimando a los más belicosos de mis enemigos ocasionales, haciendo de su librea un obstáculo infranqueable contra el que mi locura sanguinaria venía a encallar. Llegué a casa al alba, borrachísima y medio muerta, desgarrada por la pasión y el paroxismo de la rabia.

Bebí durante siete días y siete noches de borrachera continua, atontándome voluntariamente para olvidar esos ojos sombríos como mi alma, donde me había ahogado para siempre.

El octavo día me di un baño, llamé a mi peluquero para pedirle una cita y emergí decidida.

Alice —no podía dejar de llamarla así— tenía que llegar a amarme lo antes posible. Era la única solución, la única salida a mi marasmo, y estaba decidida a jugarme la vida si hacía falta.

Por primera vez desde Sybil me había enamorado y los mismos ojos negros, la misma piel mate cuyo olor podía sentir ya, me perseguían sin tregua.

Desde el amanecer, Iván corrió a entregar dos docenas de rosas rojas, y habría dado cualquier cosa por ver la cara de Alice al recibir aquel ramo imprevisto. No creo que las rechazara. Al menos eso esperaba… Y al aceptarlas, ¿no estaba consintiendo de alguna manera?

Estaba enfebrecida, sólo pensaba en seducirla,

a cualquier precio. Alice me hechizaba, me exaltaba, me corroía día y noche. Nada contaba ya sino esa pasión. Atravesaba el tiempo y a las personas absolutamente indiferente a todo. Nada de lo que pudiera sucederme me interesaba, ninguna catástrofe me habría afectado lo más mínimo.

Vivía por y para Alice, me había convertido en su sombra, y estaba dispuesta a abandonar toda aquella reciente fortuna a cambio de una de sus miradas.

Viví aquel octavo día pegada al teléfono, esperando no sé qué, con las mejillas ardientes, angustiada como nunca.

Me llamó a las seis de la tarde.

Recibí su voz fría como quien recibe una ducha. Era evidente que no había apreciado mi gesto, y no se cortó en decírmelo.

—¿Por qué ha hecho algo tan ridículo, señorita?

—La amo, Alice. Me enamoré de usted nada más verla.

—¡Pero yo no la amo! Hacen falta dos para...

—No quiero hacerle ningún daño, Alice. Sólo quiero verla, verla nada más. Poder entrar en sus ojos, y dejarme penetrar por ellos, mecerme en ellos. ¡Ay, sus ojos! ¡Sus ojos me vuelven loca!... Bueno, me vuelve loca usted, toda entera... Completamente loca.

—Señorita...

—No, por favor, Alice, llámeme Laure. Daría diez años de mi vida... ¡Qué digo, diez años!... Mi vida entera sólo por oír Laure de sus labios.

Para ella no era, nunca sería Gigolá.

—¿Qué hace esta noche, Alice?

—Figúrese que no la esperaba. Tengo una vida muy ocupada, mi querida Laure.

—¿Ocupada por el amor? ¿Invadida, destrozada o simplemente calculada al minuto, organizada, dominada por esa ternura que se acepta a cierta edad porque ya se ha cansado uno de amar?

—¡Laure!

—¡Vuelva a decirlo, dígalo una vez más!

—Laure, ¿cuántos años tiene?

—Veinticinco, Alice. La edad ideal para amar total y fogosamente.

—Porque cree que a mi edad la cosa está acabada ¿no?

—No está acabada si no se duerme uno. De lo contrario, la muerte llega enseguida... inevitable.

—Muy interesante esa filosofía suya, Laure.

Con semejante sentimiento frenético del momento, no me extrañan nada esas alteraciones nerviosas suyas.

—No estoy hablando con el médico.

—Por supuesto, habla usted con la mujer... Con esa mujer a la que quiere más que a nadie en este mundo, ¿no es así, especie de lesbiana incorregible? ¿Por qué no mira de vez en cuando a los hombres? ¿Se le ha ocurrido amar a un hombre una sola vez en su vida?

—Jamás, Alice, nunca podré amar a un individuo del sexo opuesto.

—Explíqueme por qué, según usted. Personalmente, no veo nada repulsivo en esa raza.

—Un solo detalle que cabe en una palabra, y acaba de decirla usted misma: no somos de la misma raza. Para mí un hombre puede llegar a ser un amigo estupendo, pero nunca nada más.

—Es una pena, Laure. Un hombre puede llegar a ser un amante maravilloso y a veces un amigo al mismo tiempo, lo que representa el súmmum de la felicidad.

—¿Para quién? ¿Para el común de los mortales? Pero es que nada nos obliga a seguir al rebaño.

—Laure, ¡no sea estúpida! No sólo el rebaño

es capaz de reconocer el valor de un amor verdadero.

—Bueno, pues llámelo «normal». ¿Y qué es la «normalidad»? Aquello para lo que un ser humano ha sido creado, ¿es eso? ¿Lo que la mayoría reconoce como útil a la reproducción?

Se oyó un suspiro.

—Sí, ya veo… Harían falta horas…

—¿Para convencerme? Ni en un montón de años.

—¿Incluso si ama a ese ser que intenta convencerla?

—Sí… para mí son temas definitivamente zanjados, del todo.

—La vida se encargará de llevarle la contraria.

—¡Alice, cene conmigo!

—La verdad es que en el punto en el que estamos no corro ningún riesgo. Tendría que haber colgado diez veces, o, mejor aún, no haberla llamado, pero las rosas rojas eran magníficas… y quería…

—Ha hecho usted muy bien. La espontaneidad siempre es positiva. ¿Quiere cenar conmigo mañana por la noche?

—No, pasado mañana, sábado, a las nueve.

—No tengo otra cosa que hacer, aparte de esperarla, soñar con usted, prepararme para recibirla...

—En su casa no, Laure.

—¿Por miedo?

—Puede... La esperaré en el bar del *Ascot*, calle Pierre Charron. Oiremos un poco de piano mientras nos tomamos un Pimm's. ¿Le parece bien?

—La adoro, Alice. Es usted para mí toda mi vida. Mi vida, ¿entiende? Si no viene al *Ascot*, me suicido allí mismo.

—Adiós, Laure.

Colgó. Yo estaba excitadísima. Me había dado una oportunidad. Sí, Alice era la primera oportunidad real de mi vida. Sería mi Pureza, mi Rectitud, mi Ideal... A cualquier precio.

Se presentó a la cita puntual y muy elegante. Llevaba un vestido de cachemir y piel de camello muy ceñido y el broche de oro que realzaba el cuello chimenea venía seguro de Cartier. Sus manos desnudas seducían y chocaban a la vez. Adoraba esa piel mate que tenía que ser tan suave al contacto con los labios. Iba impecablemente maquillada, con las mejillas apenas marcadas por un colorete anaranjado, los ojos profundos y tornasolados como lagos.

Una chaqueta corta de visón oscuro realzaba el conjunto. Un bolso de cocodrilo y los zapatos a juego, del mismo tono tostado y estriado, hacían destacar más aún el color de su piel.

Hacía ya muchísimos años que no sentía ese temblor, ese éxtasis ante la visión de una mujer. Alice me devolvía a los tiempos de mi adolescencia, a aquella época bendita en la que no podía dormir, embrujada por los ojos sombríos de mi primer amor.

Me senté junto a ella, y le besé la mano sin que por ello se sintiera turbada lo más mínimo.

Para la ocasión me había vestido con un maravilloso smoking de terciopelo verde esmeralda, y la pitón de mi bastón continuaba mirando al mundo con sus ojos verdes e impenetrables.

—Alice, ¡es usted extraordinaria!

Me miró, como extraviada entre el placer y la duda.

—Escuche, Laure, no empecemos. Tengo una vida que me importa muchísimo. Seis años de matrimonio no pueden olvidarse, y aún menos verse sacrificados por una aventura... tan loca, por muy seductora que resulte.

—¡Ah! ¿Hace seis años?

—Pues sí. Y para mí son importantísimos, figúrese.

—¿Qué es lo importante? ¿Los seis años o el matrimonio?

—Las dos cosas.

—¿Entonces por qué ha venido?

—No tengo la impresión de estar engañando a mi marido al venir a verla.

—¿Porque no le gusto?

—Bueno, no sé en qué sentido dice lo de «gustar». Me gusta usted en el plano humano, intelectual...

—¿Y cómo se llama ese marido amantísimo?

—Max. ¿Eso es todo lo que quiere saber?

—¡Oh, no! Querría saberlo todo de usted, de su pasado, de sus deseos más secretos, de la menor de sus aficiones. ¡Me gustaría entrar en usted para no volver a salir nunca más!

—¡Laure, deje de soñar!

—¿Qué edad tiene ese Max?

—Sesenta y dos años.

—Se trata sin duda de una transferencia. No ha tenido padre y ha volcado toda su afectividad de la que se vio privada durante su infancia en ese anciano. No es una mujer venal, ya se ve. Así que durante seis años, ni una sola aventura, ni una sola mirada a una persona más joven, más seductora…

—No hago el amor con él desde hace tres años.

Bebió un trago largo de Pimm's con los ojos medio cerrados. Ya no sabía qué decirle. Esa última frase me sumió en un abismo de perplejidad.

Alice, esa mujer encantadora, cuidada, con una clase tremenda de los pies a la cabeza, reconocidísima socialmente, y que desde hacía seis años se contentaba con el amor de un viejo sin duda impotente, era algo que me dejaba estupefacta.

Le tomé la mano, que retiró con una violencia inimaginable en ella a pesar del fuego de su mirada.

—No necesito su compasión, Laure. Soy muy feliz así. He llegado a puerto y estoy decidida a quedarme.

—No he dicho nada, Alice. Sólo intento entender. Seis años atracada en puerto. Eso quiere decir sin duda que ha tenido que sufrir mucho antes para decidir enterrarse así en esa serenidad sin edad.

—Cuando Max me recogió, no hay otra palabra para expresar aquello, yo estaba herida de muerte, y creía que la herida era incurable.

—¿Hombre o mujer?

—Ya le he dicho que me gustan los hombres. La gran pasión devastadora era un compañero de facultad. Me engañó, me insultó, me ridiculizó delante de todo el mundo, así que después de diez años de relación acabé dejándolo. Por su culpa me había convertido en un pelele dislocado, nerviosa y psíquicamente.

—Entonces llegó el buen samaritano y le vendó las heridas. Por desgracia las heridas eran profundas, así que se quedó hasta que cicatrizaran, e incluso un poco más, por si sufría una recaída. Seis años de cuidados intensivos es mucho tiempo, Alice. Sin duda el buen samaritano ha acabado por coger cariño a la enferma, y viceversa. Un clásico, ¿sabe, querida? Siempre habrá gente de esa cuya especialidad consiste en recoger perros abandonados por la calle. Es encomiable pero no basta. Tiene usted cuarenta años, es hermosísima... déjeme acabar, ¿quiere? Se conforma desde hace seis años con ese viejo San Bernardo que naturalmente mira por su vejez cuidando de usted como una gallina clueca, lo cual no es precisamente que digamos una prueba de amor auténtico. El amor, el de verdad, consiste en ayudarla durante la época difícil ciertamente, pero a continuación, y lo más rápido posible, en empujarla fuera de un nido demasiado mullido. Pero lo cierto es que pocos seres en este mundo son capaces de gestos tan perfectos.

—Habla usted con una dureza... y sin conocerlo.

—Oh, sí que lo conozco. Sé que la ha asfixiado. Eso es lo que ha hecho de usted. Y la mujer apasionada, fogosa, desgarrada, ciertamente, pero viva, se ha convertido, gracias al bueno del viejo Max, en una persona serena, todo superficie, con sabor a sopa y mantita, algo descolocada y que, a decir verdad, huele a madera muerta.

—¡Le juro que me quiere! Me ama tanto como me hizo sufrir el otro. Aquél me destruyó y éste me ha reconstruido.

—Y usted, ¿lo ama? ¿Lo ha amado un solo instante, ha conocido una sola vez en sus brazos ese éxtasis carnal al que todo ser aspira? ¿O ha vivido seis años de gobernanta perpetua, cuidando de un anciano, tratándolo con los miramientos que se deben a su edad? La juventud, la pasión, la locura, ¿han dejado de interesarla por completo? ¿Max ha acabado con todo eso definitivamente? ¿Está usted muerta o sólo en hibernación? El puerto sirve para reparar los barcos y mantenerlos seguros mientras dura la tormenta, pero ninguno se queda para siempre. En cuanto están reparados vuelven a luchar contra los elementos, porque se han hecho para eso, y no para mecerse anclados al son del agua estanca.

—Laure, sé que tiene usted razón.

—Vayamos a cenar, Alice. La llevo adonde quiera.

—A la *Mère Catherine*, en Montmartre, tienen un cocido excelente.

—¡Pues vayamos a tomarnos ese cocido a Montmartre!

Pagué y la ayudé a ponerse la chaqueta. Un deseo nuevo me atenazaba, pero no quería espantar a Alice de ninguna manera. Debía domesticarla, sabía que cualquier fallo podía ser fatal.

Una mujer vestida de negro cantaba Piaf: «*Non, rien de rien, non, je ne regrette rien!...*». Un acordeonista canoso la acompañaba como podía.

Dejé pasar a Alice que se instaló en una banqueta frente a la cantante. Parecía vivir por fin, en sus ojos se reflejaba el brillo tembloroso de la llama de las velas. La amaba más allá de todo deseo sexual, tenía ganas de apoyar mi cabeza en su hombro.

Bebió un poco de vino y sus mejillas demasiado vivas le dieron un destello especial. Cuando se hizo voluble sentí cómo me ganaba una certidumbre: era a ella a la que había deseado y adorado desde el principio. No era a esa doctora de gafas de concha, sino a la que veía en ese momento, el símbolo mismo de la feminidad.

En los postres me senté a su lado. Accedió a la promiscuidad y aceptó mi mano sobre la suya. Había ido renunciando a los gestos de rechazo, a las miradas altivas, que me habían helado en un principio.

Se le cayó un poco de vino en el vestido, y se lo desabroché yo misma. Tenía el muslo firme, tenso y fino. No me aproveché. Con ella no sentí ese deseo que te coge los riñones, y que las putas saben provocar tan bien. No, ella despertaba en mí más bien una infinita ternura que me calentaba el corazón.

Cuando rocé una de sus mejillas con una caricia rápida, retuvo mis dedos en su cuello. Entonces me atreví a apoyar la cabeza en su hombro. Gigolá, la *garçonne* que nunca había bajado la frente ante una mujer, esa Gigolá se había enamorado perdidamente. Era a la vez simple y milagroso. Incluso si Alice no podía entenderlo, permanecía callada, por miedo a romper el encanto al que, a pesar de todo, su alma era sensible.

La cantante nos miraba, sonriente, cómplice. Después de lanzarnos un guiño, entonó *Les Amants d'un jour*.

Al observar a Alice, sentía un placer de esteta, sin ninguna idea preconcebida. Mi cuerpo, mi sangre y mi alma, ardían exclusivamente por y para ella. ¿Lo entendía ella, mi ángel de ojos sombríos? Sin duda no era consciente de la transformación que acababa de producirse en mí. No sabía nada de mi pasado, de hecho su discreción me sorprendía sobremanera.

Estoy segura de que habríamos podido quedarnos así durante horas si la cantante no se hubiera puesto a pedir mesa por mesa. El plato alargado rompió el hechizo y le lancé con rabia un billete de quinientos francos, lo que la dejó más boquiabierta que una buena bofetada. Me miró, creyó que se trataba de una broma, dudó un segundo y acabó cogiendo con mano ávida el retrato de Molière.

Alice rechazó el helado de vainilla fundida que, mezclada con la chantilly, ofrecía un espectáculo deprimente.

—Laure, ¿qué hace en la vida?

Por fin había llegado la pregunta del millón. Quizá fuera mi gesto principesco lo que la había dejado confusa.

—Nada, Alice, nunca hago nada de mérito. Un poco de medicina, un poco de pintura, un poco de poesía, otro poco de música, pero todo de manera intermitente. Mucho entusiasmo en un principio y luego nunca persevero. En fin, si fuera un caballo, no apostaría nunca por mí... ya sabe, el típico que sale como una flecha y luego se raja al primer obstáculo.

—Ya. ¿Y de qué vive?

—Una herencia.

—¿Familiar?

—No. Una mujer mayor que me mantenía y que me lo dejó todo al morir.

—¡Enhorabuena! ¡Perfectamente indigno!

Ya sabía que no le parecería bien. Era sana y recta como una planta, y Gigolá estaba podrida hasta la médula. Sin embargo, sin embargo... Quizá no fuera demasiado tarde. Alice me daba nuevas energías.

Y yo, ¿qué podía aportarle? El amor, la pasión en todas sus formas, el lado *scenic railway* de mi naturaleza, que la cambiaba de su sopa de puerros cotidiana. La encendería viva, la quemaría a caricias, eso era lo que tenía que ofrecerle.

—Laure, ¿qué es lo que más le gusta de todo?

—No puedo responderle. Antes me gustaba el dinero antes que nada, ahora tengo todo el dinero que puede desearse y más. Es usted la segunda mujer de la que me he enamorado en mi vida. La primera sigue siendo para mí un recuerdo imborrable, pero es el recuerdo de una muerta. Y además, ¡era tan joven! A la edad del final del bachillerato, una ama como puede. Y eso no tiene nada que ver con lo que siente una mujer de cuarenta años.

Se inclinó hacia mí:

—Laure, vas a trabajar. Quiero que hagas algo en la vida. Elige lo que quieras, pero sea el terreno que sea, ofrécele lo mejor de ti misma, proyecta un ideal tuyo, el que sea.

—¿Un trabajo o una actividad?

—Un trabajo, Laure, y pagado. Lo que no te impedirá tener además un pasatiempo. Pero así conocerás el valor de un domingo, la verdadera dimensión de la vida. Es tu única oportunidad.

—¿Y cuál será la recompensa?

—¿Quieres un regalo?

—Tú, Alice.

—¿Yo?

—Sí, tú. Dejarás todo para vivir conmigo. Ése es el único regalo, la única recompensa posible. Creo incluso que aprenderé a rezar. Dios no puede negarme esta bendición. Tu presencia querida en cada instante de mi vida, ése es el más ardiente de mis deseos, Alice.

Se levantó sin decir palabra, se puso la chaqueta de piel, y se abrió paso con dificultad hasta la puerta. No la seguí, no hice gesto alguno para retenerla. Los clientes nos observaban sin comprender.

Bebí hasta el alba, arrastrándome sola de bar

en bar, sin interesarme por nada más que por mi copa vacía, obsesionada por aquella hermosísima mirada que había llegado yo a conmover y que de repente había desaparecido.

Esperé una semana sin moverme de casa. O Alice me llamaba tarde o temprano, o bien me había quedado inservible. La semillita plantada tenía que germinar, fuera como fuera.

Con una mujer hay que saber hacerse el muerto, es la única táctica que funciona. Se llama la técnica del rigodón. Sin duda debido al baile típico del mismo nombre. Alice estaba enganchada y yo lo sabía.

Al cabo de las horas, mi narcisismo recuperaba sus fuerzas. Me observaba a mí misma con cierta complacencia, admirando mi propia capacidad de inercia. Había tomado conciencia de ella con mujeres a las que había sacado dinero sin amarlas; con Alice, por muy diferentes que fueran mis sentimientos por ella, la estrategia seguía siendo la misma.

Es cierto que me moría de impaciencia frente a aquel teléfono mudo, pero por nada del mundo me habría movido lo más mínimo. No hay que dar nunca a las mujeres la impresión de que se está pendiente de ellas, ésa es mi teoría. Y los años me habían dado la razón. Ningún deseo, ninguna necesidad, por imperiosa que fuera, autoriza a una *garçonne* a rebajarse ante ella.

Me quedaba encerrada en casa para no dejar pasar una llamada suya. Sí, amaba a aquella mujer, había dado el primer paso, la había seducido, despertado, pero mi papel se acababa ahí.

El sábado sonó el teléfono, sacándome brutalmente de mi sueño, a eso de las doce de la noche. Como había tomado somníferos, había caído inconsciente. Oía su voz a lo lejos, pero allí estaba; y eso era lo que contaba.

—Laure, he estado pensado en lo que me dijiste la otra noche. Vamos a darnos una oportunidad. Vamos a realizarnos la una gracias a la otra, recíprocamente.

—¿Es decir?

—Dejo a Max. Voy a comprarme un piso en Passy, y viviremos allí mientras dure nuestra aventura. Aunque no me hago ilusiones sobre su duración, quiero darme ese gusto, cueste lo que cueste. Te has salido con la tuya, Laure.

—No, Alice. Te he despertado de ese letargo demasiado prolongado que empezaba a fastidiarte.

Yo me he limitado a hacértelo ver. En cuanto a lo de dejar a Max...

—Me pide quince días en Chamrousse a modo de regalo de ruptura.

—¿«Regalo de ruptura»? ¡Qué expresión tan magnífica! ¿Quién es el autor?

—Laure, ¡no te burles! No puedo decirle que no. Quince días contra seis años de relación, no es nada.

—¿Cuándo os vais?

—El sábado que viene. Pero quiero verte antes.

—Te espero en mi casa mañana.

—Iré después de la consulta.

—A las siete, en la avenida Albert Ier, n° 3, séptimo.

—Laure, quiero que te pongas a trabajar, en cualquier cosa. A cambio de eso, seré tuya.

—Ésa era mi propuesta, Alice. Yo no cambio de opinión en ocho días. De acuerdo, llevaré una vida laboriosa. Cuando vuelvas de Chamrousse ya seré una esclava.

—Laure, te deseo, y es la primera vez.

—Yo te amo, Alice. Mucho más de lo que puedas imaginar. Lo único que deseo es verte, respirarte. Una infinita ternura, una necesidad imperiosa de fundirme en ti, eso es lo que siento. Nada que ver con una orgía sexual.

—Hasta mañana, Laure. Buenas noches y perdón por despertarte pero no se elige la hora de la capitulación.

Las dos semanas en Chamrousse serían un mal momento que pasar, pero superaría la prueba. Buscaría trabajo. Lo que fuera.

A partir del día siguiente miraría los anuncios. No me costaba nada. Estaba en una especie de nube, eufórica. Con tal de que Alice se viniera a vivir conmigo, con tal de que pudiera contemplarla como y cuando quisiera, impregnarme de ella cada noche hasta el vértigo, lo demás no contaba. Todo me parecía evidente y fácil.

Fue puntual al día siguiente, y se lo agradecí. Siempre me han resultado insoportables las esperas, y puede que ella se hubiera dado cuenta.

A pesar del fuego de la chimenea, los discos de Sinatra y la suave oscuridad del salón, Alice estaba tensa.

Llevaba un pantalón en crepé negro y una camisa de color blanco resplandeciente, abotonada a la rusa, y el cuello de oficial destacaba el tono mate de su piel. Se había puesto unos mocasines de charol y un abrigo corto de visón negro, que le ayudé a quitarse con mucho amor.

Poco a poco fui sintiendo esa suavidad cálida que emanaba de ella. Se bebía el oporto a sorbitos y parecía temer tanto como desear lo que iba a suceder.

Hablábamos poco. Las palabras se habían hecho inútiles entre nosotras. Cuando me acerqué al sillón donde se había puesto cómoda, sentí su temor, una especie de resistencia sorda. Me senté en el brazo del sillón y le acaricié la sien con un dedo torpe. Me daba la impresión de que se me había olvidado todo lo que sabía hacer. Me había convertido en una inútil, neófita, paralítica. Me besó la palma de la mano, con los ojos cerrados y la boca perdida, como un pájaro hambriento que, entre la muerte y la confianza, hubiera elegido la confianza.

Cuando intenté un acercamiento más preciso, se puso toda tiesa. Entonces, como habría hecho con un animal salvaje para domesticarlo, me puse a hablarle. Dulcemente. Le recité interminables pareados inventados, donde la naturaleza, los ojos sombríos, la piel mate, los torbellinos de deseo, todo se desplegaba en volutas de poesía.

Cuando sentí su boca buscando la mía, creí una vez más que la magia de las palabras había obrado. La aspiré como se aspira un cigarrillo con filtro, y me sorprendió el calor de sus labios. Se deslizó entre sus pieles, frente al fuego crepitante. La desnudé sin una protesta suya. Descubrí un cuerpo moreno, liso, delgado, de una perfección inaudita para su edad. Ni arrugas, ni estrías, sólo una fina cobertura cálida y sensible que se hacía granulada al paso de mis dedos.

No osé ninguna caricia precisa, contentándome con admirarla como si se tratara de un animal ideal, recorriendo la línea de sus caderas, el firme modelado de sus pechos.

Iba y venía, alrededor, sin atacar directamente, porque no sabía cuál sería su reacción, y temiendo todo lo que pudiera chocarla.

Se hizo ella con las riendas y me tumbó, desnudándome con una mano precisa, buscando mi boca con avidez, tomando brutalmente posesión de todo mi ser.

Estaba tan estupefacta que me dejé hacer. Por primera vez, la *garçonne* que era yo aceptaba las caricias y los besos de una mujer. Alice me sorprendía, pero la amaba, y si ésa era la versión de su deseo, me presté gustosa y desesperadamente.

A todo a lo que no me había atrevido yo, se atrevió ella. Finalmente, tuve un movimiento instintivo de rebeldía, una reacción de rechazo brutal. Gigolá no podía morir en un minuto, ni siquiera por un gran amor.

Alice encendió un cigarrillo y su cuerpecillo moreno adoptó a la luz de la llama unos tonos encendidos que me habría encantado apagar.

Tomábamos conciencia de nuestro fracaso, inmóviles. Me quedé tumbada encima de las pieles, contentándome con el espectáculo de su espalda desnuda, su culo perfecto, sufriendo por no poder acercarme, sabiendo que si cedía a la tentación, ella no se dejaría.

Strangers in the night. Éramos dos extrañas en la noche...

El disco de Sinatra había dejado de girar desde hacía mucho tiempo, y sólo se escuchaba el crepitar del fuego de la chimenea. Llegaba la noche lentamente. Ya no tenía ganas de nada. Esa repentina irrupción en mi virilidad más profunda me había perturbado profundamente, y no sabía muy bien qué demonios hacía yo al lado de una mujer que había resultado no serlo. *Garçonne* encuentra a *garçonne*.

¿Qué había pasado con la feminidad que me había parecido ver ocho días antes? ¿Tanto me había equivocado con ella?

Y ese fuego devorador que había leído en sus ojos, ¿se había apagado sin remisión?

La miré mientras se vestía. Llevaba unas bragas de encaje color carne y un sujetador a juego. Así parecía aún más desnuda, más vulnerable.

Se me saltaron las lágrimas. Me dolía pero no quería forzarla. Tendría que enterarse por sí misma de quién era yo y qué quería. Si no, no la vería más. Quería una mujer, no un macarrilla.

De repente recordé que hacía tres años que Alice no hacía el amor. ¿No podía ser ésa la razón de su brutalidad, de ese nerviosismo desplazado? ¿No se había lanzado al agua como hacen las tímidas, sin saber muy bien qué ni cómo hacer?

Me levanté lentamente, cogí al vuelo la túnica que estaba a punto de ponerse, estreché aquel cuerpo ardiente entre mis brazos musculosos, arrancándole un grito de protesta que ahogué con mis besos. Se dejó caer sobre las pieles, soldada a mí, con el vientre hinchado por el deseo.

Sin despegarme de su boca, la desnudé completamente. Se encabritó como una yegua, sacudiendo su cuerpo todo nervio. Rezumaba de deseo, con los sobacos húmedos y plenos de su olor. La besé por todas partes, impregnándola de ternura, controlándola sin forzarla, calmándola para que pudiera correrse mejor.

La mantuve jadeante un buen rato, dividida entre el deseo de dejarse llevar o el de acabar con un brusco movimiento de riñones que la haría tensarse como una flecha. Por fin, sus dedos se crisparon en mis hombros, sentí la delicia de sus uñas hundiéndose en mi piel desnuda, y llegó el placer. Brutal, intenso, mudo. Gritar la habría deshonrado, y sentí hasta el final esa retención, esa falta de abandono total que le fastidiaba la mitad del goce.

Mi triunfo era bien pequeño, pero gocé de él plenamente. Alice tenía tras ella una pena de amor inolvidable, múltiples traumatismos, tres años de amor con un viejo, otros tres de abstinencia torturada. Era un pasado muy pesado, con el que había que contar.

—Alice, ¿quieres un whisky?

—No bebo alcohol.

—¿Nunca?

—Nunca

—Yo sí, por desgracia. Una dependencia imposible de dejar.

—Claro que sí, Laure, se pueden abandonar todas las dependencias. Basta con querer hacerlo.

Apoyé la cabeza encima de su pecho. Me acarició el pelo con sus manos suaves y tibias. Me sentía bien.

Ella murmuró:

—Los hombres no se encuentran satisfechos a mi lado, y yo tampoco al lado de ellos. Es el gran fracaso de mi vida.

—Te has enamorado de alguna mujer, ¿a que sí?

—Sí, de muy joven tuve varias amigas... pero tampoco funcionó bien. El ideal no es de este mundo.

—Pero esas amigas te han marcado para siempre, a pesar de esa gran pasión por un hombre...

Suspiró, vencida.

—¿Para qué mentirte? La gran pasión no fue un hombre, Laure, sino una mujer. La única que haya contado para mí.

Todo se explicaba. Entendía mejor sus reacciones, incluida la de unirse al viejo Max. Todo se volvía claro y lógico.

—Femenina, esa amiga, naturalmente.

—Sí, exclusivamente. Mayor que yo. Era una artista muy conocida, una pianista.

La dejé hablar. Por fin se sinceraba.

Había adorado a aquella mujer, desafiando a la familia y los amigos, rehusando creer que la engañaba, negando la evidencia, rompiendo, retomando la relación, torturada sin cesar durante diez años, sacrificando a su pasión dinero, respetabilidad, trabajo y equilibrio nervioso.

Por fin abrió los ojos, y rompió definitivamente. Entonces apareció Max.

—¿Qué sucedió con esa mujer?

—Murió en Beirut, donde había ido a dar un concierto. No tuve fuerzas para contemplar el cadáver que tanto había amado. Ahora estoy curada. No quiero ni hablar de ello.

—Hablaremos cuando quieras, querida. Además, es verdad, ¿para qué remover las cenizas? Lo muerto, muerto está. ¡Inútil volver a ello!

—Laure, tengo que irme.

—¿Por qué?

—Le he dicho a Max...

—¿... que ibas a hacer el amor conmigo?

—¡Laure!

—No, no has tenido valor, ¿verdad? ¿Qué le has contado? ¿Pretendes haberlo confesado todo y te vas a Chamrousse con él? ¿Qué significa ese regalo? ¿Qué vais a hacer, rumiar una relación que ya no existe? ¿Darle vueltas a lo que no puede ser?

Se vistió a toda prisa. Una vez más se escapaba. Su naturaleza eslava se imponía. Las explicaciones definitivas, la sinceridad, todas esas cosas la incomodaban demasiado. Era de esas naturalezas que no sabe más que andarse con rodeos, las conozco muy bien. Como quieren la paz a toda costa, mienten y se ahogan en pretextos que no hacen más que torturarlas más aún.

—Alice, no vas a huir de nuevo, ¿verdad? ¡Dime, contesta! Te quiero toda, ¿me oyes?... toda, nada de compartir, no lo soportaría.

Me desafió con la mirada, y volvía a ver a mi yegua salvaje dudando entre escaparse al trote o quedarse en la caballeriza. La amaba así, a pesar de todo, aceptando por adelantado sus cobardías, sus evasiones. Sabía que a partir de ese día seríamos tres: Alice, Max y yo.

De hecho no volvió a mencionar para nada todo lo que me había dicho al teléfono. Ni medio comentario. Aquella llamada de teléfono había sido como un momento de enajenación, lleno de proyectos vanos. ¿Cómo había podido tragarme que iba a dejarlo todo por mí?

Esa noche, era distinto. Aquellas pupilas sombrías se humedecían, tiernas hasta el hechizo, pero no me pertenecían.

Volvió al día siguiente a la misma hora, sin anunciarse. Sabía perfectamente que estaba esperándola, que la esperaría toda la vida si hacía falta.

Cenamos juntas. Yo era feliz. Mi corazón no había latido nunca tan de prisa, tan intensamente. Quería sobre todo prolongar el embrujo lo más posible, porque tenía pánico al momento de la huida. Aquella Alice que de repente se vestía para escaparse en la noche fría... la odiaba sin poder retenerla.

El jueguecito duró una semana. Ya no hablábamos de futuro, ni me animaba a que encontrara un trabajo. Todo aquello sólo había sido un sueño, o una pesadilla.

Entre nosotras estaba Max. Casi continuamente. Salvo cuando se acostaba conmigo, desnuda y gimiente, entonces sabía que sólo pensaba en su placer, en ese goce al fin suyo, al que se agarraba como a un salvavidas.

Comprendí rápidamente su necesidad de encontrar junto a mí sus antiguas sensaciones de *garçonne* caída. Por amor a ella, fui aceptando todo aquello de lo que siempre me había creído incapaz.

Al cabo de una semana, Alice parecía colmada por esa especie de pasividad mía que sólo desplegaba con ella. Sin duda no se daba cuenta exacta del valor de mis esfuerzos, y tomaba por espontaneidad lo que no era sino un deber continuado.

Me pasaba el día esperándola. La recuperaba cada tarde, falsamente desenvuelta, jugando alternativamente los roles de mujer y de *garçonne*, desgarrada con igual violencia entre las dos tendencias, y corriendo, una vez satisfecha, a reunirse a la luz de una lámpara siempre encendida, con el omnipresente Max. Él estaba siempre ahí, esperándola, entre sus objetos favoritos y queridos, sus cosas de valor, sus alfombras, su cama, la cama donde me juraba que ya no dormía.

No me creía lo del sofá del salón, ni la pared separadora, ni ambos juntos pero solos cada uno en su parte de la casa.

Al contrario, cuando se iba, temblorosa y embutida en sus pieles, me la imaginaba en brazos de Max, compartiendo las confidencias más íntimas, pegada a aquel que la había recogido y acogido para siempre y que iba a jugar, seis años después, y una vez más, la carta de la seguridad y la ternura, seguro de ganar.

Un día no la esperé. No podía soportar ni un momento más esa vida a tres bandas. Alice tenía que elegir.

Por la noche se iba sin volverse, y me quedaba horas respirando ese calor, su presencia perfumada. Me dormía al alba, me entraba un sueño comatoso, artificial, poblado de alucinaciones inconexas donde Gigolá me perseguía con su risa diabólica.

Seguía bebiendo, y cada vez más; seguía intentando agarrarme a lo que fuera, negándome a hundirme, extrayendo del alcohol la fuerza de verla marcharse cada vez.

Aquella tarde salí a eso de las cinco, decidida a perderme hasta la inconsciencia.

Me acogió la plaza Blanche. Recuperé enseguida las viejas costumbres, contactando de nuevo con los mismos personajes pálidos que sólo salían de noche y que, a fuerza de amaneceres, habían perdido todo su atractivo.

¡Caras tristes o demasiado alegres, cuyos ojos brillan toda la noche con un destello artificial, vosotros que habitáis como fantasmas esos barcos piratas que llamáis bares, os he amado a todos! ¡La angustia de vuestras miradas, el temblor de vuestros dedos al soltar el último billete en una barra anónima, siempre me habéis fascinado!

Me reconocieron, me abrieron su círculo de alcohólicos impenitentes, y encontré esa deliciosa sensación de ser admitida en una familia.

Una sensación que todos los borrachos conocen. Igual da que se beba whisky o tinto del malo, en el *Élysée Club* o en el antro más tirado, todos los días se siente esa fraternidad ante el olvido y la euforia que procura el alcohol.

Intenté olvidar a Alice. Inconscientemente busqué a Cora. Nadie la veía desde hacía un mes. Normal, se habría comprado el famoso hotelito. Sólo ella habría podido aliviarme.

Nadie sabe lo que alivia una puta cuando se tiene un problema. Bueno, los ejecutivos sí que lo saben, porque bares de noche y cabarets viven de ellos. Contrariamente a lo que muchos imaginan, los clientes de prostitutas no siempre buscan el orgasmo. Casados con una mujer distinguida, padre de una prole de rubitas cabezas, se vuelven locos, locos por una noche de perfumes baratos que disimulan una higiene precaria y un pelo mal decolorado.

¿Es vicio? ¿La necesidad de encanallarse forma parte de una pulsión primitiva del hombre, o se trata de un simple deseo de paz?

Reconocí a las chicas, a esas pobres desdichadas que se emborrachan cada noche por un porcentaje ridículo. Elegí a una y le pagué una botella. Intentó prevenirme, explicarme. La tranquilicé. Lo sabía todo. El precio, los engaños, la imposibilidad de bailar entre mujeres, la miseria de sus calamitosas noches. No buscó entender, y se lo agradecí.

La miraba, intentaba cogerla por el talle, acariciarle las manos. No se mostraba impasible, y con ayuda del champán, sentí que iba a proponerme una cita en otra parte. Cuando noté que se había ablandado, que se abandonaba, pagué y salí.

Busqué a otra, en otro bar. En una discoteca en un sótano, encontré a una negra escultural, con lentejuelas, cabeza rapada, orejas estiradas por grandes pendientes cobrizos, en armonía con su piel de ébano. Me dijo que era *esthéticienne*, cosa que no creí, que no formaba parte del personal del establecimiento, lo que me dejaba el terreno libre para llevármela a casa.

Eso era lo que quería, en el fondo, y rápido. Volver a entrar en una mujer —una de verdad—, no sentir nunca más esa ambivalencia extenuante que estropeaba mi amor por Alice.

La chica aceptó una copa, bailó arrimándose a mí. No sentía absolutamente nada. ¿Era el alcohol, que inhibe todo deseo? ¿Era simplemente Alice que seguía en mí?

Lo cierto es que intenté honestamente que se fuera a su casa. Se sentó junto a mí en el coche y la dejé en una parada de taxis.

En las brumas alcohólicas de mi cabeza había entendido por fin que no podría tocar a ninguna mujer que no fuera Alice.

En casa noté una presencia insólita. Me abrió la criada con aire triste y cansado. Así como Paca había sabido hacerse indispensable, a ésta me pasaba el día riñéndola. Exigía de ella que esperara a cualquier hora de la noche y a cambio de eso le daba el día siguiente libre.

No sabría explicar esa necesidad de una presencia, de una lámpara encendida. La vieja criada me esperaba, era como un sucedáneo de ternura, la ilusión de un amor paciente y fiel.

Pero esta vez no estaba sola. Alice se había quedado dormida en el hueco de un sillón, con las piernas escondidas bajo una manta de viaje escocesa. Por desgracia no estaba en estado de hacerle un gran recibimiento. Apenas si la distinguía, con el organismo carcomido por el veneno.

¿Qué esperaba? ¿Qué había venido a buscar? ¿Su ración de amor cotidiana?

La odiaba. Con un odio nuevo que me daba vértigo. Con una mano temblorosa, registré febrilmente en su bolso, buscando algo, no sé, ¿una foto, una prueba?

Al tropezar con la lámpara de pie junto al sillón me di cuenta de que había a su lado una maleta, en piel de cerdo, como las que me gustan. Distinguí que Alice llevaba un traje de falda y chaqueta en *tweed* y un abrigo en piel de camello. El bolso —un bolso de mano también en piel de cerdo— yacía en la moqueta. Lo entendí todo. ¿Para qué seguir luchando?

Había perdido a Alice. Se iba a Chamrousse o a otro lugar. Nadie ni nada contaba ya. Había venido a decirme adiós para siempre, a llorar quizá, a suplicarme que la entendiera, pero ¿para qué?

Miré su carnet de identidad. Alice era morena en la foto, y sonreía. Hacía seis años que se la había hecho. Justo cuando Max la «recogió», según su propia expresión. Logré descifrar con dificultad su fecha de nacimiento. Tenía cuarenta y cinco años. Su dirección: calle de Passy nº 55. Vivía en Passy y ella me había hablado de Étoile. Una mentira más. Me daba igual, la odiaba.

Dos billetes de tren se escaparon de su billetera: París-Grenoble. Por supuesto, la historia Chamrousse. Vi una foto. Un hombre medio canoso, de buena presencia, con un clavel en el ojal.

Vestido con chaquetón de marino y pantalón de franela, estrechando contra él a una Alice distendida, feliz bajo el sol que la cegaba.

Una vida... esa vida que no quería dejar, que no dejaría nunca. Después de Chamrousse, habría otras promesas, otros trenes, otras cartas que Max jugaría, unas tras otras, sin desvelar nunca su juego, seguro de su victoria y del cebo trucado que le libraría por fin el póquer de ases ganador.

¿Qué podía poner yo en la balanza? ¿Mi pasado de Gigolá? ¿Mi fortuna inútil?

Sabía que todo eso echaba para atrás a Alice. A pesar de lo que afirmaba, sabía que le gustaba esa seguridad, esa vida entre algodones que yo nunca podría darle.

Su rostro adoptó de repente una expresión dolorosa, la manta se deslizó y cayó en la alfombra.

Sus largas piernas finas, cubiertas de seda, surgieron entreabiertas, locamente excitantes.

Maquinalmente caí de rodillas ante la mujer amada que iba a perder para siempre. El tren para Grenoble salía al día siguiente a las nueve y ocho minutos. Había venido a decirme adiós, o hasta luego. Yo tendría derecho a hacer el amor una vez más, y ella a un último espasmo.

Mis dedos rozaron los pies calzados de piel de cerdo. Un soplo infantil levantaba sus tetas sin sujeción y el pezón, apenas sobresaliente, tensaba el jersey para volverme más loca aún.

Nunca había estado tan bella, tan conmovedora. El sudor le humedecía las sienes donde unas pequeñas mechas de pelo plateado se convertían en ligeros bucles.

Me moría de ganas de despertarla, y poseerla así toda vestida. Pasar la mano por debajo de su falda, y perder allí la boca y el alma.

Tenía hambre y sed de esa piel morena, de esas manos desnudas, de esas caderas pronunciadas que se estremecían bajo mis caricias. Seguía dormida, persiguiendo un sueño, y admiraba ese sueño tranquilo que hacía de ella una mujer dulce y vulnerable.

Dios mío, ¿debía despertarla o dejarla así? ¿Intentar, contra viento y marea, guardarla a mi lado?

¿Era realmente necesaria una explicación? Había descubierto su secreto, la intimidad de su bolso. Sabía que iba a marcharse. Max la recuperaba sin habérmela dejado nunca.

Me levanté. La visión de Max esperando a Alice como se espera a un niño desobediente me sacudió el abotargamiento de golpe. Tenía que retenerla aunque me rompiera yo en el intento.

No quería hacer daño a Alice. Pero ese Max, que sin duda había comprado los billetes de tren, preparado las maletas, la había incitado a ella a marchar, se lo había suplicado probablemente. Ese Max jugaba al viejo desamparado cuya vida ya no tiene sentido, y que se agarra desesperadamente a ese soplo de juventud. Ese Max adquiría proporciones dantescas que mi cerebro embebido, medio loco, no sabía extirpar. Max se convertía en mi obsesión, el obstáculo que había que franquear. A cualquier precio.

Max no iba a erigirse nunca más en obstáculo entre nosotras. Había robado seis años de la vida de Alice. Se había embriagado con su perfume, acurrucado en su delicada nuca; había roncado junto a aquel cuerpo joven, exigente, que nunca había sabido colmar.

Max simbolizaba nuestro desencuentro, el drama que nos separaba a Alice y a mí.

Había tomado una decisión. Eran apenas las dos de la mañana. Mi exaltación se vio de nuevo exacerbada por la botella de whisky que vacié bebiéndola a morro.

Cogí todo el dinero en metálico que tenía. Mi amor, mi pasión por Alice, debía probárselos, aunque fuera encerrándola en un jardín inviolable del que sólo yo tendría la llave.

Le cubrí nuevamente las piernas, le acaricié el pelo y me marché a la calle helada.

En el pasillo, la criada no hizo ningún comentario, pero sus ojos malvados lucían como dos agujeros que me habría gustado reventar con mis puños desnudos.

Me prometí no olvidarla en mi infierno, y le dejé el cuidado de cerrar discretamente la puerta tras de mí. No quería por nada del mundo que Alice se despertara.

Fuera, el frío me golpeó la cara, y arranqué con un zumbido demasiado brusco, sólo comparable con mi violencia.

Visité uno de esos bares de golfos, buscando desesperadamente a Pascal que conocía de haber hablado con él una única vez y luego de habernos visto en los mismos antros, siempre por casualidad. Sólo él podía procurarme lo que necesitaba. Acabé por encontrarlo en un bar de copas de Montmartre, que tenía sala de juegos en el sótano. No se veía nada de puro denso que era el humo de los cigarrillos, pero sabía que estaba allí. El patrón me lo había dado a entender.

Alrededor de una mesa redonda mal iluminada, se encontraban reunidos una buena docena de truhanes, cartas en mano, y sólo sus anuncios perturbaban el religioso silencio.

Pascal acabó por darse cuenta de mi presencia, me interrogó con la mirada y entendió que yo andaba buscándolo. En cinco minutos logró quedarse libre. Otro lo sustituyó inmediatamente ante la mesa sagrada.

—¿Qué pasa, Gigolá?
—¿No hay aquí un sitio tranquilo?

—Sólo queda la sala. Es el único sitio tranquilo aquí, porque arriba están las chavalas, ¡y ahí sí que es imposible!

Efectivamente, aquellas damas, una vez que habían terminado de hacer la calle, se tomaban unas copas mientras esperaban a que sus hombres ascendieran del infierno. En caso de grandes pérdidas a las cartas, ellas estaban allí para reponer la munición.

—¿Puedes venir conmigo al coche? Lo tengo aparcado ahí abajo.

—De acuerdo pero rápido, eh... que hoy no estoy en vena y pronto se hará de día.

En la calle fría, se levantó el cuello del abrigo de piel. Su cara, de una blancura enfermiza, se había ensanchado. El hombre guapo que un día conocí pronto se convertiría en una piltrafa, una especie de drogadicto siempre en guardia.

—¡Joder, tía, no te cortas, eh! Mira el buga... Parece que los negocios te van de puta madre ¿no?

—Pascal, ¿quieres hacer negocio conmigo como la otra vez? Otro cheque de cinco mil francos, ¿qué me dices?

—¡Suéltalo, Gigolá! ¡Cómo no voy a querer! Pero háblame de los riesgos.

—Pascal, necesito un calibre 7,65 u 11,43. 6,35

no quiero, que es una mierda. Necesito una pipa de hombre. Y cargada.

Silbó admirativo.

—Lo que digo, tía, no te cortas ni media, tú... A estas horas, ¿dónde coño quieres que te encuentre eso ahora? Escucha, Gigolá, cerramos el trato por diez mil. Es arriesgado, y si buscas una cosa así supongo que no es para tirar a las liebres en el bosque de Fontainebleau.

—Vale, diez mil, pero la necesito inmediatamente.

—¿Tienes metálico?

—Voy a casa y vuelvo. En el coche y con la tela.

Encendió un cigarrillo.

—Tengo un amigo que vende uno. No conozco el calibre, pero seguro que es del grueso, sale de Clairvaux.

—Tendré el dinero dentro de media hora.

—¿Quieres que vaya a preguntarle ahora mismo?... Necesito tanto la pasta... ¡Confío en ti, Gigolá!

Pobre tipo, siempre en guardia, temiendo perder un negocio, y listo para volver a la mesa de juego como un gran señor.

Había escondido en la guantera veinte mil

francos en metálico, e iba a dárselos. No quería que se mojara tontamente al ir a cobrar el cheque. No sabía lo que iba a hacer; mejor aún, ni siquiera buscaba enterarse.

—Ve, Pascal, pero no te traigas a tu amigo, sólo quiero tratar contigo.

—¿Y los diez mil son para él o para mí?

—Los diez mil son para ti. Te daré aparte lo que te pida por el arma.

Pascal se fue corriendo. Era un buen negocio, y no tardaría.

Volví a Pigalle, di una vuelta por el barrio, subí en dirección al metro Abesses, antes de coger la calle de los Trois-Frères, oscura como un tugurio siniestro. Pascal me lanzó una mirada desde debajo de la farola. Un bulto en el sitio adecuado de la chaqueta me indicó que había convencido al amigo. Después de una rápida mirada circular, se metió junto a mí en el coche.

—¡Contempla esta joya! Una 7,65, ya lo siento por la 11,43 pero quienes tienen una la guardan como si fuera la niña de sus ojos.

—¿Cuánto?

—Quince mil... Joder, es que el cacharro los vale. Y mira si quieres, va cargada.

—Ponla en la guantera.

—Obedeció, y le tendí dos fajos de billetes. Miró, incrédulo.

—Verifica, si quieres.

—No, Gigolá, ya te he dicho que confiaba en ti... ¿Ten cuidado, eh? En fin, eres libre de... La próxima vez que quieras algo, no te cortes, ¿vale? Ya sabes dónde me escondo. *Ciao, bella!*

Arranqué en tromba. Aquel tipo me fascinaba como una serpiente, pero ya había conseguido lo que quería. De la misma manera que había comprado a Cora, iba a comprar a Alice. De manera más peligrosa, cierto, pero definitivamente.

El inmueble del 54 en la calle de Passy dormía, ajeno a la fauna de la noche. Era una casa bien, burguesa, al abrigo de las miasmas de la capital.

Después de Pigalle y su basura, Passy y su lujo tranquilo. Sentaba bien pasar de un lugar a otro sin perder plumas en el traslado.

Aparqué en lo alto de la calle Duban, y no me encontré con nadie en la verja del edificio. La portera, protestando por haberla despertado a semejantes horas, me contestó rezongando: «cuarto izquierda». No sabía el nombre de Max, pero me imaginé que el doctor Gründ debía de ser muy conocido.

El ascensor me subió silenciosamente hasta el cuarto piso.

Llamé... una vez, dos... El timbre sonaba con esas dos notas que evocan las copas de cristal al entrechocar una noche de fiesta.

Me contestó un silencio de muerte. Volví a llamar, una y otra vez. Un ruido de pasos sofocado me previno de que no me querían abrir porque me tenían miedo. Estaba loca, pero aquella puerta cerrada con cerrojo acabó con la parcela de razón que me quedaba intacta.

Me puse a aporrear la puerta con la energía del desesperado, a patadas primero, a puñetazos después, haciéndome moratones en la cadera, jodiéndome los hombros. Me golpeé yo misma, pegué a Alice, a nuestro amor imposible.

La gente empezó a despertarse, alertada por los golpes que sacudían el edificio. La puerta se entreabrió. Vi una máscara grisácea, muerta de miedo, abotagada por el sueño. Salté dentro del piso. En un abrir y cerrar de ojos, entreví el lujo, las lámparas torneadas por elegantes pantallas de seda, los espejos donde unas estatuas redondeadas sonreían a su propia imagen.

Estupefacto, Max no tuvo tiempo siquiera de ver el grueso calibre que salía de mi bolsillo. Le pegué dos tiros en medio de la frente, y se cayó de bruces en la alfombra color carmesí.

Los vecinos pegaban en la puerta. Como en un sueño, oía los gritos, el jaleo. Podía escuchar las mismas palabras, una y otra vez, «Policía, el 17… rápido».

Abrí la puerta. Retrocedieron ante el cañón

humeante que seguía manteniendo a la altura adecuada. Me habría gustado tirar al tuntún, suprimir para siempre todas aquellas caras que verdeaban tras sus cremas de noche y los bigudíes, y aquellos pies descalzos. Acabar con todos aquellos burgueses escandalizados.

Una inmensa torpeza se abatió sobre mis hombros; de repente me entraron ganas de sentarme en el suelo y esperar.

Llegó el coche. Oí de lejos la sirena, y luego la policía que se precipitaba escaleras arriba. El silencio había sucedido a los gritos. La gente se había echado hacia atrás en semicírculo y me rodeaba a buena distancia. La 7,65 había caído al suelo sin que nadie se atreviera a recogerla.

Cuando el primer poli se me tiró encima, no opuse ninguna resistencia. Un segundo me inmovilizó por la cintura torpemente. Sentí cómo las frías esposas me apretaban las muñecas.

Bajamos a toda velocidad las cuatro plantas a pie. Titubeaba de alcohol, cansancio y desesperación.

Delante del garito de la portera, vi a una mujer que me impedía el paso. Una mujer guapa, elegante, en ropa de viaje.

Alice me vio, entendió al instante y creí que iba a desmayarse.

Los polis me empujaron brutalmente al interior del coche y las puertas del furgón cerraron mi noche.

A través de los cristales traseros del vehículo que arrancaba, entreví a Alice. Despreciando todo orgullo, intentaba asirse a las portezuelas. Dos hombres la agarraron, la recogieron del suelo, y adiviné más que oí su voz rota.

—¡Laure, era para ti el otro billete! Iba a irme contigo... esta mañana... Venía a buscarte... Max estaba de acuerdo.

Alice, amor mío, mi único amor... Gigolá te lleva con ella como un tesoro por fin alcanzado. Me esperarás, mi ángel, mi vida. No te caigas en la calle, sólo yo podré recogerte.

ENCUENTRO CON LAURE CHARPENTIER

Lydia Vázquez Jiménez

El teatro de Laure

La vida es teatro, dicen. Laure Charpentier parece haber nacido y seguir viva para dar fe de ello. He leído *Gigolá* consagrándole una gran atención. No podía por menos que hacerlo, siendo como soy la traductora. Y he de decir que he pasado por todo un abanico de estados de ánimo posibles: de la fascinante turbación ante un texto tan osado (aún más si se tiene en cuenta que se publicó en 1972 gracias a Jean-Jacques Pauvert, siendo inmediatamente censurado y prohibida su difusión), o la abierta admiración por la *garçonne* que se atreve a desvelar, novelada, su vida entre bambalinas, a la contrariedad frente a una heroína tan políticamente incorrecta, tan insolente, tan heterófoba y hasta homófoba en ocasiones, tan elitista y desdeñosa, tan egoísta, tan egotista, tan inmoral, tan…

En cualquier caso, puedo afirmar que, desde luego, *Gigolá* no me había dejado indiferente. Así que cuando llegó el día de mi encuentro con Laure, me sentí nerviosa y confusa, sin saber si Laure y yo congeniaríamos y si de aquel encuentro surgiría la magia que esperaba para que el libro en su versión castellana pudiera cobrar vida.

Debía acudir a su despacho, en una calle céntrica de París, un miércoles víspera de la Ascensión, a las once en punto. Llegué antes de tiempo, como suelo, para localizar el lugar y no cometer la falta grave de presentarme a la cita con retraso. A veces las casas de los famosos se ocultan caprichosamente, como para preservar mejor el bien más preciado de esas personas, su intimidad. En la dirección que se me había facilitado se erigía un teatro, en cuyos bajos se encontraba la entrada de los artistas y, contigua, una puerta con un solitario timbre acompañado de unas siglas... ¿las de la productora de las películas de Laure?

¡La autora de *Gigolá* vivía en un teatro! O al menos allí recibía. Conmovida por lo bien que hace el destino las cosas, y ya instalada delante de una taza de café en el confortable *bistrot* de la esquina, rememoré la novela de *Gigolá* a la manera de un drama. Las imágenes iban agolpándose en mi imaginación, imponiéndose por su plasticidad, su colorido, la belleza de sus textiles y texturas, la rotundidad de su tridimensionalidad. Sabía que la propia Laure había realizado una película con idéntico título y un reparto de lujo (Marisa Paredes, Rossy de Palma, Eduardo Noriega, entre otros). La visión de aquella hermosa fachada en remodelación me reveló la evidencia visual de *Gigolá*, y con ella la necesidad de reeditar esa obra, y de publicarla en todas las lenguas posibles, incluida la cinematográfica.

Cinco minutos antes de la hora pagué la consumición y me dirigí al teatro. Llamé. Una voz femenina me contestó por el interfono. Me identifiqué y penetré en el edificio. Quinto con ascensor, precisaba el mail. El hueco del artefacto me hizo deducir que aquel elevador tenía que estar fuera de uso por edad y peligrosidad. Cuando ya andaba por el segundo piso de la escalera, acelerando el paso al ritmo de los latidos de mi corazón, vi bajar un ascensor maravilloso, estrecho y largo, todo de madera y cristal biselado. Bajé corriendo y entré en él. La ascensión se asemejaba en mi cabeza ya enfebrecida a la de Faetón en los gloriosos tiempos del teatro barroco. Llegué con majestuosa lentitud al quinto piso. Una sola puerta sin rellano me esperaba, angustiosamente cerrada. Al salir de mi transbordador, ya del otro lado de la laguna de los sueños, hizo su teatral aparición una mujer distinguida y segura, a quien reconocí inmediatamente.

—¿Laure?

—Lydia, ¿verdad? Adelante.

Recorrí tras ella un pasillo interminable abierto en su costado izquierdo a un rosario de habitaciones que no conseguí contar, todas medio abiertas, lo justo para dejar entrever objetos de volumen considerable y utilidad enigmática, y unos deslumbrantes y enormes focos de luz, sin duda las ventanas que ocupaban la parte superior de la fachada del teatro. Me introdujo por fin en lo que parecía su despacho, la última sala de esa serie engarzada por el exterior como, según comprendí después, por el interior gracias a unos batientes comunicantes.

Confortablemente sentadas de ambos lados de una mesa de madera noble repleta de papeles, empezamos una conversación que inmediatamente auguré tan relajada y fluida como enriquecedora.

Sí, *Gigolá* había sido prohibida en 1972. ¿Por quién? ¡Qué pregunta! [yo quería nombres]... ¡Pues por la censura!

—Porque por entonces aún existía la censura, apostilló la autora, acostumbrada seguramente a interlocutores más jóvenes y compatriotas que no han conocido tales restricciones de libertad.

De tal forma que Laure, sin proponérselo, había franqueado el acceso al infierno de la literatura.

—Así pasé a engrosar las filas de los «escritores malditos», confesó casi disculpándose la novelista. Y mis *Gigolá* se quedaron en cajas de cartón en casa de Jean-Jacques [Pauvert] a la espera de días más dichosos.

—¿Y cuál fue la razón para censurar este libro? Francia había protagonizado otra revolución, la de mayo del 68, liberadora en particular de la palabra y partidaria convencida de la causa feminista. ¿Por qué emprenderla, poco después, contra las lesbianas?

—*Gigolá* era un libro de juventud. Pero aparecía sobre todo como una obra vivida, casi un testimonio, a pesar de su forma ficcional. Que una *garçonne* hablara de manera tan explícita de sus amores lésbicos, era algo muy atrevido, y nunca visto hasta entonces. Además, estaba la escena del bastón con una cabeza de pitón por empuñadura.

—¿Esa escena de tan «aparatosa» penetración fue pues la razón principal de que el libro se retirara de la distribución y venta al público?

—Sí, claro. También lo ha sido de los problemas que hemos encontrado para realizar la película.

Es una escena muy dura. Pero yo no quería eliminarla. Se ha rodado completa y explícita, como en la novela. Marisa Paredes interpreta el personaje de Odette en el libro. Está extraordinaria.

—¿Y encontraron un bastón con una cabeza de pitón?

—Rodamos parte en París, en Pigalle, y parte en Lisboa. Los técnicos y artesanos portugueses son extraordinarios. Conseguimos todo como en la novela: se confeccionó un bastón exactamente igual que el de Gigolá-Laure, se realizó todo el vestuario.

—Algo nada fácil, me imagino.

—El jefe de vestuario se volvía loco, el hombre, pero hizo un trabajo perfecto.

—Volvamos a la novela. A la cuestión de la ropa y los complementos, precisamente. Dicen que la escritura femenina se caracteriza, entre otras cosas, por su detalle de la vestimenta. *Gigolá* es prototípica en este sentido. ¿Cree que su escritura responde a esa, digamos «exigencia» escritural?

—No sé si puede hablarse de una escritura femenina reconocible por una serie de componentes privativos... Habría mucho que discutir. En todo caso, yo he querido reflejar lo que significaba el refinamiento en el vestuario para las *garçonnes* del Pigalle de los años 40 a 60, herederas de las pioneras del movimiento, las berlinesas de los años 20 y 30. Para nosotras vestirnos como dandis, de smoking, con sedas salvajes, terciopelos y rasos, usar bastón, o el famoso monóculo que dio nombre a uno de nuestros locales fetiche, no era una cuestión de mujeres, sino una filosofía de la vida, una exigencia de nuestra ética.

—Laure, habla usted en primera persona del plural. ¿Reúne *Gigolá* los componentes de lo que hoy se denomina autoficción? En tal caso, sería usted pionera de una de las tendencias literarias femeninas más en boga hoy...

—Me alegra saber que *Gigolá* es considerado un libro pionero. Yo creo que sí lo fue. Por eso lo censuraron. Quizá se adelantó a su época y hoy nos encontremos en un momento más adecuado para darlo al público. Las feministas americanas quieren ponerlo como libro de texto en la Universidad.

—También en España lo estudiamos en un grupo universitario de investigación, como un ejemplo entre otros de la creación literaria femenina, tan abundante hoy. Y tengo una alumna que hace una tesis sobre autoficción femenina, en la que aparece *Gigolá*.

—Estoy encantada de que se estudie mi obra literaria. He escrito muchos libros, *Gigolá* es el primero, una obra de juventud. Me sorprende gratamente que se tome tan en serio.

—Es que está muy bien escrito, con un estilo tan refinado como el vestuario, diría yo: el vocabulario es exquisito, lo cual no deja de ser excepcional si tenemos en cuenta las escenas «calientes» que aparecen en el relato, las descripciones adoptan un registro poético inusual en este tipo de narraciones, la recurrencia de ciertas palabras desvelan un imaginario hecho de términos precisos que a su vez, actuando como indicios, van descifrando el entramado de la intriga... En fin, creo que *Gigolá* posee una calidad literaria incuestionable fuera de lo común en este tipo de libros.

La conversación había ido animándose cada vez más. Laure se mantenía atenta a mis preguntas y comentarios, sentada cómodamente en su sillón de escritora y directora de cine segura de lo que dice y sobre todo de lo que hace. Me atrevería a afirmar que Laure interpretaba a las mil maravillas su papel de creadora lesbiana convencida de la relevancia de su «misión» dentro del universo artístico, literario o fílmico. Aceptaba con satisfacción no revestida de humildad mis piropos a la calidad literaria de su texto. Saltaba a la vista que le gustaba ser esa escritora de calidad heredera, por qué no, de Colette, a la que admiraba como una de las más grandes.

—Laure, querría hacerle una pregunta en este sentido. *Gigolá* es, efectivamente, un libro de juventud pero con una edad ya respetable, puesto que está a punto de cumplir los cuarenta. En su día no pudo ser apreciado. Hoy parece que la fortuna le sonríe dentro y fuera de sus fronteras no sólo parisinas o galas sino europeas, puesto que está conociendo un gran éxito en los Estados Unidos, pero también en Extremo Oriente, en Corea del Sur, por ejemplo. Las reediciones recientes y por venir son múltiples. ¿No le ha tentado revisar el texto, «arreglarlo» para dejarlo más legible, o si prefiere, más vendible?

—Una de las claves del éxito de *Gigolá* es, como usted ha dicho, su autenticidad. Se trata de una ficción, pero rezuma las vivencias por todas sus páginas. Si lo hubiera corregido, habría perdido esa autenticidad. No, rotundamente no. Ni entonces «corrigió» nadie mi escritura, ni hoy, más de treinta años después, lo he hecho yo. *Gigolá* conserva cada una de las comas de 1972. Y me siento orgullosa de ello.

—En la era de los «negros»...

—Sí. Lo mismo me sucedió con la película. Al principio iba a realizarla un cineasta, Volker Schlöndorff, el que en su día fue asistente de realización de Melville, pero al final me decidí a dirigirla yo. Había ya hecho cosas para la televisión, algún corto, pero un largometraje nunca, y la verdad es que, bueno, ¡uf! Lo he conseguido, aunque no ha sido fácil. Pero para mí era fundamental que *Gigolá* guardara en el cine su autenticidad, que no se cambiara lo que había intentado contar en la novela...

—El amor entre mujeres, superior a los demás, según usted.

—Exactamente.

—Si le quitamos esa dimensión desafiante que ayuda a hacer de Gigolá-Laure un personaje muy creíble del Pigalle mítico de aquella época, lo cierto es que los amores lésbicos no sólo aparecen detallados sino como parte de algo muy normal entre las mujeres.

—Lo es.

—Episódico...

—También. Pero no sólo, desde luego. Gigolá es lesbiana pura y dura. Es una auténtica *garçonne*, no como las lesbianas que abundan ahora, sucias y con camiseta de tirantes. Aquellas *garçonnes* que se arreglaban durante horas para salir, que se vestían de smoking, que bebían champán en locales refinadísimos como el *Monocle*, o *Chez Moune* ya no existen. En este sentido París ha retrocedido lustros. Una pena.

—Quizá vuelva la moda gracias a *Gigolá*.

—Quién sabe. Pero acierta en pensar que *Gigolá* tiene una dimensión pedagógica, militante, además de puramente poética. Las dos facetas no están reñidas.

Eso me recuerda que tengo que preguntarle por ella, por quién es, porque los lectores y lectoras españoles la conocen mal, y sobre todo por esas facetas suyas, tan variadas que al principio, cuando investigué sobre ella, pensé que había tres Laure Charpentier. La autora de *Gigolá*, de *Père, impair et passe* y de *Tristeza*, de resonancias ibéricas; la luchadora contra el alcoholismo femenino, autora del *best-seller* titulado *Toute honte bue*, y la católica a la española, amante de santos y novenas. Cuando comprendí que las tres Laure eran la misma, me quedé boquiabierta. Así se lo comenté.

—No veo nada malo en diversificar actividades. Desde luego mi trabajo artístico es el que más me ocupa, pero como gran bebedora de whisky y champán durante nada menos que veinte años, y habiendo visto los estragos del alcohol, en particular en las mujeres, decidí ya hace bastantes años llevar a cabo una «buena acción» y abrí tres centros de acogida de mujeres alcohólicas, y escribir ese libro sobre el problema, y ahí sigo, animando reuniones, ayudando a esas mujeres. Y en relación con ese compromiso, o en la base, en el origen, se encuentra también mi fe católica. No hago de ello un arma arrojadiza, pero sí creo que tengo una buena estrella, porque con la vida que he llevado podría estar cien veces muerta, y aquí sigo, haciendo cosas.

—¿Por eso le gusta Santa Rita?

—¡Imagínese, es la patrona de los imposibles, parece una santa hecha a mi medida!

—Y en cuanto a su vida personal... Fue *garçonne*...

—Sí.

—Y vivió en ese mundo que tan bien recrea en *Gigolá*.

—Sí.

—El amor de Laure (que deja de ser Gigolá) hacia Alice... ¿es...?

—Es una historia preciosa, ¿verdad?

—A mí me encanta. Y es un amor entre dos mujeres maravillosamente bien contado... Pero lo que quería preguntarle es si...

—Si lo he vivido... sí, más o menos. Pero nunca maté a nadie ni fui a la cárcel...

—Ya me imagino...

—Pues no sé cómo he contado la historia pero la gente está convencida de que maté al pobre Max, ¡ja, ja!

—Ésa es la magia de la literatura. Gracias a ella podemos hacer desaparecer a los amantes de nuestros amantes, ¡ja, ja!

—Ya, ¡pero no de verdad!

—¡No, claro!

—¿Y su compromiso como lesbiana?

—Es total. No creo que *Gigolá* sea lo que puede entenderse como literatura gay y lesbiana militante. Considero mi novela un testimonio de una época esplendorosa de las *garçonnes*, algo así como

Cabaret pero en el Pigalle que yo conocí. Pero estoy convencida de que es un libro que puede ayudar mucho a la visibilidad lesbiana, por la que milito, y que me preocupa mucho porque, como le decía antes, creo que vivimos un momento de retroceso de la libertad gay y lesbiana, al menos en Francia. España y Portugal son un ejemplo en el reconocimiento de ciertos derechos de los homosexuales como el de casarse, etc., pero ¡queda tanto por hacer! Por eso me declaro nostálgica de aquella época en que éramos bellas, elegantes, orgullosas de ser lesbianas, y sobre todo visibles… y envidiadas. No soy optimista pero sueño con la posibilidad de un retorno. Mi película *Gigolá*, con Lou Doillon como protagonista, demuestra que las mujeres de hoy pueden ser así: dan el físico, la talla, el perfil… de mujeres no liberadas sino libres.

—Ha citado a Marisa Paredes. ¿Y Rossy de Palma, cómo es ella?

—Es fantástica, con su acento español está estupenda. Y en el rodaje ha sido un auténtico placer convivir con ella.

—¿Noriega?

—Noriega nos tenía enamorados a todas y

todos los que estábamos en el rodaje. De seis a sesenta años, todas las mujeres suspiraban por él. ¡Qué hombre! ¡Está divino!

—Con ellos tiene el éxito asegurado en España...

—¡Eso espero! ¡Ja, ja! Pero sobre todo espero que la España abierta a la sensibilidad homosexual reaccione positivamente ante mi película. No sólo yo. También mi productora, Denise Petitdidier. Está aquí, en el despacho de al lado. Venga, voy a presentársela.

Una extraña sensación me invadió al contemplar la posibilidad de que por uno de esos batientes entreabiertos alguien hubiera estado escuchando la conversación. Laure se levantó y fue directa a la puerta interior que comunicaba con la habitación contigua. Mi inquietud se disipó al instante. Una mujer con una sonrisa extraordinariamente acogedora, de mirada inteligente y pícara, me alargó la mano, estrechando la mía con gesto decidido. Se presentó. Me presenté. Volvimos al despacho. Se sentó en un tercer sillón entre Laure y yo. Hablamos. De la novela, en cuya reedición y traducciones confiaba, de las dificultades de la traducción

(¿cómo traducir *garçonne*?), de la película, de la intensísima vivencia del rodaje, que duró mes y medio en Lisboa pero con un promedio de veinte horas diarias de trabajo. De los proyectos: vender *Gigolá* en Cannes a los distribuidores extranjeros («demasiado atrevida para ir en la sección de cine gay y lesbiano, ¿se da cuenta?»), ir a Toronto, luego Corea, Estados Unidos... («Por supuesto España, me encantaría acompañar a Laure a la presentación del libro y de la película, adoro España.») Y rodar una nueva película. Ya está todo preparado. Rodamos en Hong-Kong. ¿Temática? «Misterio. Pero será una bomba.»

Le pregunto a Laure por sus próximos proyectos literarios.

—Seguir escribiendo.

—¿La historia de Sybil?

—Sybil sale en la película. De hecho la película tiene mucho de *Gigolá* pero también de *Père, impair et passe*, y mucho *off* literario que aparece en el film. ¿Un caramelo? No tengo nada de beber.

—Gracias... Pero ¿y contarla de manera autónoma? ¡Es que me gusta tanto!

—De acuerdo. Lo pensaré. ¿Se ha leído *Père, impair et passe*?

Le confieso que estoy con *Tristeza* y que aún no me he leído *Père*. Me lo regala. Con una dedicatoria: «Para Lydia, estas páginas de la noche... mientras esperamos el amanecer». Bien. Ése sí es un gran proyecto. Me despido encantada.

—Tendrá que bajar andando. Este ascensor es sólo de subida.

Era la pura verdad. Había ascendido hasta la tramoya del teatro de Laure, había visto a sus personajes sin smoking pero igualmente bellos, y había entendido como por arte de magia que ese odio de Gigolá/Laure no era sino la exteriorización de una rabia tanto tiempo contenida contra una sociedad heterócrata y homófoba, incluidos algunos homosexuales que no dan la cara, contra supuestos heterosexuales que olvidan demasiado pronto su pasado tras su «reconversión»... Laure es una valiente que se reviste del traje de Gigolá cual superheroína de cómic para dignificar la libre elección sexual.

Le digo mientras me despido, ya como amiga, que cambiaré el usted por el tú, más creíble en español, y que en castellano no resulta pornográfico decir culo o coño, así que me he permitido usar esas dos palabras, sustituyendo los eufemismos galos. Es buena gente, confía en mí, todo le parece bien.

Dejo el teatro con pena. La función ha terminado. Hora y media sin entreacto. Se me ha pasado volando. La recomendaré a mis amigos.

GIGOLÁ
DE LAURE CHARPENTIER

EDITORIAL CABARET VOLTAIRE
ESTA PRIMERA EDICIÓN SE TERMINÓ
DE IMPRIMIR EN ENERO DE 2011
EN SANT BOI POR REINBOOK

TÍTULOS
CABARET VOLTAIRE

1. JEAN COCTEAU *Thomas el impostor*
2. JEAN LORRAIN *Monsieur de Bougrelon*
3. AGUSTÍN GÓMEZ ARCOS *El niño pan*
4. FRANCIS CARCO *Jesús el Palomo*
5. ROBERT DESNOS *¡La libertad o el amor!*
6. RENÉ CREVEL *¿Estáis locos?*
7. AGUSTÍN GÓMEZ ARCOS *El cordero carnívoro*
8. ÉMILE ZOLA *París*
9. ANDRÉ GIDE *Ferdinand* (il. Ricardo Fumanal)
10. STENDHAL *Recuerdos de egotismo*
11. MARGUERITE DURAS *El marinero de Gibraltar*
12. KLAUS MANN *La danza piadosa*
13. AGUSTÍN GÓMEZ ARCOS *Ana no*
14. HENRI DE RÉGNIER *Venecia*
15. ROBIN MAUGHAM *El sirviente*
16. JEAN COCTEAU *La gran separación* (il. Jean Cocteau)
17. ABDELÁ TAIA *Mi Marruecos*
18. ÉMILE ZOLA *Roma*
19. JOE ORTON *Diarios*
20. AGUSTÍN GÓMEZ ARCOS *La enmilagrada*
21. NICHOLAS MOSLEY *Accidente*
22. STEPHEN SPENDER *El templo*
23. GUSTAVE FLAUBERT *Egipto. Viaje a Oriente*
24. BRUCE ROBINSON *Las peculiares memorias de Thomas Penman*
—. Hors Série JEAN COCTEAU *El libro blanco* (il. Jean Cocteau)
25. ÉMILE ZOLA *Lourdes*